W0024280

BÉRENGÈRE COURNUT, 1979 in Paris geboren, ist Übersetzerin und Bestsellerautorin. Für *Das Lied der Arktis* hat sie sich sieben Jahre lang intensiv mit der Lebensweise und den Geschichten der Inuit beschäftigt.

Bérengère Cournut

Das Lied der Arktis

Roman

Aus dem Französischen
von Stefanie Jacobs

Ullstein

Besuchen Sie uns im Internet:
www.ullstein.de

Ungekürzte Ausgabe im Ullstein Taschenbuch
1. Auflage Dezember 2021

Titel der französischen Originalausgabe: *De pierre et d'os*,
Le Tripode, 2019
Umschlaggestaltung: zero-media.net, München, nach einer
Vorlage von Cornelia Niere, München
Titelabbildung: Eisberg: © Russell Millner/Alamy Stock Photo;
Mädchen: © cat vinton/gallerystock
Satz: LVD GmbH, Berlin
Gesetzt aus der Adobe Garamond Pro
Druck und Bindearbeiten: CPI books GmbH, Leck
ISBN 978-3-548-06487-1

Für François, Émile und Philémon, die stets um mich herum waren, als ich dieses Buch schrieb – es soll ganz ihnen gehören.

Vorbemerkung

Die Inuit sind die Nachfahren eines nomadischen Jägervolks und leben seit tausend Jahren in der Arktis. Bis vor Kurzem bildeten ihre Lebensgrundlage allein die Tiere, die sie jagten, die Steine, die der gefrorene Boden freigab, und die Pflanzen und Beeren, die im Licht der Mitternachtssonne wuchsen. Sie teilen sich ihr weites Reich mit verschiedenen, zumeist wandernden Tierarten, aber auch mit den Geistern und den Elementen. Ihr Universum ist das Wasser in all seinen Formen, und der Wind, der zu ihren Ohren eindringt, verlässt ihre Kehlen als rauer Atem. Für jeden Anlass haben sie Gesänge, manchmal begleitet von den Trommeln der Schamanen.

ERSTER TEIL

UQSURALIK

I

Es ist der dritte Mond, seit die Sonne hinterm Horizont verschwunden ist – und das erste Mal in meinem Leben, dass ich solche Bauchschmerzen habe. Ich löse mich von den warmen Körpern meiner Schwester und meines Bruders, krieche unter den Fellen hervor, mit denen wir zugedeckt sind, und steige von der Eisplattform.

Meine Familie sieht unter ihrer Kuppel aus wie ein großes zusammengerolltes Tier. Normalerweise folgt mein nächtlicher Atem wie der aller anderen dem Schnauben meines Vaters, doch heute Nacht zerreißt mich der Schmerz und treibt mich hinaus. Eine Hose anziehen, Stiefel und eine Jacke, aus dem Schneehaus ins Freie schlüpfen.

Die eisige Luft, die durch meine Lungen strömt, läuft meine Wirbelsäule hinab und lindert das Brennen meiner Eingeweide. Über mir ist die Nacht vollkommen klar. Der Mond blitzt wie zwei aneinandergelegte Halbkreismesser, die Kanten ebenso scharf. Ringsherum leuchten Heerscharen von Sternen.

Im schwachen, bläulichen Licht, das vom Himmel fällt, sehe ich unter mir eine zähe dunkle Flüssigkeit. Mit der Nase nähere ich mich dem Schnee: Es sieht aus, als hätte mein Bauch Blut und Vogellebern ausgespuckt. Was ist das bloß?

2

Über die Lache gebeugt, habe ich gar nicht bemerkt, wie es in der Ferne zu grollen begann. Als ich das Vibrieren in den Beinen spüre, ist es schon zu spät: Nur wenige Meter neben mir tut sich im Packeis ein Riss auf. Das Iglu ist auf der anderen Seite, ebenso wie der Schlitten und die Hunde. Ich könnte schreien, aber das würde nichts nützen.

Von dem ohrenbetäubenden Krachen ist auch mein Vater aufgewacht, er steht mit nacktem Oberkörper vor unserem Haus. Er greift sich an die Brust, nimmt das Lederband mit dem Bärenzahn ab und wirft es mir zu. Außerdem ein schweres Paket, das dumpf vor mir aufschlägt. Es ist ein zusammengerolltes Fell. Die Harpune, die mit darin steckte, ist unter seinem Gewicht zerbrochen. Den Schaft bekomme ich noch zu fassen, die andere Hälfte rutscht in die Eissuppe ab. Mit einem seltsamen Geräusch, wie ein Fisch, der an die Wasseroberfläche kommt, versinkt der Pfeil langsam darin.

Neben meinem Vater zeichnet sich jetzt die Silhouette meiner Mutter ab. Aus dem Iglutunnel kommen auch meine Schwester und mein Bruder, einer nach dem anderen. Niemand sagt etwas. Bald wird aus dem Spalt eine breite Rinne, und aus dem dunklen Wasser steigt Nebel auf. Allmählich verschwindet meine Familie im Dunst. Das Bärengebrüll meines Vaters dringt zu mir herüber, aber aus immer weiterer Entfernung – bis es plötzlich ganz verstummt. Eine düstere Stille umfängt mich und lässt mich eiskalt erstarren.

3

Bevor der Nebel alles einhüllt, hebe ich das Amulett auf und lege es mir um den Hals. Ein paar Schritte vor mir liegt das zusammengerollte Fell – es ist ein Bärenfell. Zum Glück steckt in meiner Jackentasche noch mein *Ulu*. Mit dem Elfenbeingriff des Messers löse ich die verknoteten Riemen. Die Harpune wird mir schmerzlich fehlen. Mein Vater muss sehr aufgewühlt gewesen sein, dass ihm dieser Wurf so danebenging.

Aus der Eisspalte steigt jetzt immer dichterer Nebel auf. Der Mond ist nur noch ein verschwommener heller Fleck. Ich muss mich nach Gehör orientieren, mich auf diese Weise von dem Wasser und den Eisschollen fernhalten. Mit dem Schaft der Harpune taste ich mich vorsichtig übers Eis, um nicht einzubrechen.

Auf einmal höre ich eine Art Knirschen. Ich fürchte, das Packeis könnte noch einmal brechen, lege mich flach auf den Boden und lausche. Falls sich unter mir ein Riss bildet, ist er nicht sofort so breit wie meine gespreizten Arme und Beine. Merkwürdig – das Geräusch hält an und kommt aus nur einer Richtung. Es wirkt fast so, als würde sich irgendwo etwas regen. Knurren, Atmen, Scharren. Mir schnürt sich das Herz zusammen: Verfolgt mich etwa ein Geist? Ist der Spalt das Werk von Torngarsuk? Was, wenn dieses unheilvolle Wesen mit seinem riesigen Arm nach mir ausholt, um mich wie eine Mücke zu erschlagen? Ich weiß, es ist lächerlich, aber ich ziehe mir das Bärenfell über den Kopf und warte darunter ab, was als Nächstes geschieht.

Nicht weit von mir erhebt sich der Schnee wie eine Welle. Vor Schreck läuft es mir kalt den Rücken hinunter, dann mache ich einen Freudensprung: Es ist Ikasuk, die beste Hündin meines Vaters! Sie geht vor mir auf die Hinterbeine.

Offenbar hat sie sich dort zusammen mit vier jungen Rüden unter einem Schneehügel vergraben, als das Packeis brach. Sie bellen. In der Ferne antwortet der Rest der Meute, aber schon bald übertönt der Wind ihre geisterhaften Stimmen. Ich bin allein – mit fünf Hunden, die gerade aus dem Nichts aufgetaucht sind.

Ich richte mich wieder auf und beobachte die jungen Rüden. Sie sind unbändig, würden am liebsten ins Wasser springen. Ruhig und ohne ein Wort nähere ich mich ihnen. Sie beobachten mich arglistig. Wie es aussieht, glauben sie, ich wäre hierfür verantwortlich, ich hätte Schuld an dieser Situation. Ich gehe auf sie zu, um ihnen die Stirn zu bieten.

Plötzlich springt mich einer von ihnen an. Um ihm auszuweichen, werfe ich mich auf einen Schneehaufen. Die anderen stehen mit hochgezogenen Lefzen da und knurren bedrohlich. Der Erste hat die Stelle erreicht, an der ich stand, als das Packeis brach. Er leckt das geronnene Blut auf, das mir aus dem Bauch gelaufen ist.

Die anderen drei Rüden beobachten mich jetzt wie ein Beutetier. Ich springe auf und rufe Ikasuk. Mit einem Satz ist die Hündin zwischen ihnen und mir. Der erste Rüde, noch immer auf der anderen Seite, springt mir in den Rücken. Blitzschnell dreht sich Ikasuk um. Es gibt Gekläffe und Geknurre, Zähne schnappen. Auf einmal ein gellendes Jaulen: Die Hündin hat ihren Gegner an der Kehle geschnappt, frisches Blut tropft in den Schnee. Ohne ihren Biss zu lockern, sieht sie die anderen scharf an. Sie hat hier das Sagen und ist bereit, mich zu verteidigen. Augenblicklich geben die Rüden klein bei. Sie sehen sie an, als hätten sie sich bloß vergnügt um einen Knochen gebalgt.

4

Der Nebel lichtet sich nicht, ich muss weg vom schwarzen Wasser. Ich nehme das Bärenfell in beide Arme und gehe, wie ich hoffe, von der Eiskante weg. Der Nebel ist so dicht, dass ich, ohne es zu merken, innerhalb weniger Schritte den Kurs ändern könnte. Die Hunde folgen mir leichtfüßig. Ich behalte sie stets im Auge und passe auf, dass Ikasuk immer zwischen den jungen Rüden und mir ist.

Mit einem Mal verzieht sich die Wolke, die das Meer zwischen seinen eisigen Lippen hervorgespuckt hat. Plötzlich sehe ich wieder das bläuliche Mondlicht, und vor mir liegt das Packeis. Überall sind scharfe Eiskämme und unüberwindliche Blöcke. Wenn ich überleben will, muss ich auf festen Boden kommen, zu einem der Berge in der Ferne. Ich hoffe nur, dass mir kein weiterer Riss den Weg abschneidet und dass der Mond lange genug am Himmel bleibt, um mir den Weg zu leuchten. Ich muss weitergehen, solange er noch scheint, darf mich nicht umdrehen.

Ich weiß nicht, wie viel Zeit vergangen ist, als ich schließlich nicht weiter kann und mich ausruhen muss. Ich suche mir eine Erhebung, die hoch genug ist, um mich vor Wind zu schützen. Der Mond ist hinterm Horizont verschwunden, aber dank der Sterne ist der Himmel noch immer hell. Ich denke an nichts – vor allem nicht an meine Familie und auch nicht an das Winterlager, das wir hinter uns gelassen haben. Ich denke nicht daran, wie viele Hindernisse zwischen mir und dem Ufer, zwischen mir und anderen Menschen liegen.

Als ich in der Tasche meiner Fellhose wühle, finde ich etwas rohes Fleisch und ein paar Bröckchen Fett. Mein Vater hat sie mir gestern gegeben, bevor wir zur Jagd aufgebrochen sind. Ich schiebe diese Erinnerung mit aller Kraft beiseite und esse ein winziges Stück gefrorenes Fleisch. Die Hunde lassen mich nicht aus den Augen. Sie sind es gewohnt, dass Sie nach meinem Vater und mir essen. Aber wir sind nicht auf der Jagd, deshalb bekommen sie erst einmal nichts.

Ich muss für eine Weile eingenickt sein, während ich den Himmel beobachtet habe; Ikasuks Schnauze an meinem Bein lässt mich hochschrecken. Ich darf jetzt nicht schlafen. Die Hunde schnüffeln an meiner Hose, die nach Fleisch riecht. Ich rolle das Bärenfell zusammen und mache mich wieder auf den Weg, ohne ihnen etwas abzugeben. Die Berge liegen in weiter Ferne, eine dunkelblaue Linie am Horizont.

5

So marschiere ich drei Tage im Licht der Gestirne durch die Kälte. Die Hunde müssen sich kaum anstrengen, also füttere ich sie auch nicht. Mit Ausnahme von Ikasuk, der ich am zweiten Tag ein kleines Stückchen Fett gegeben habe. Daraufhin gab es ein Gerangel, bei dem sie ein weiteres Mal gezeigt hat, dass sie die Anführerin des Rudels ist. Genau darum ging es mir. Von dieser Ungerechtigkeit angestachelt, rannten die jungen Rüden los, um zu jagen. Ich weiß nicht, wie weit sie draußen waren, aber als sie zurückkehrten, hatten sie getrocknetes Blut an den Lefzen und weiße Fellbüschel auf der Schnauze. Vielleicht von einem Polarfuchs oder Schneehasen, der sich aufs Packeis verirrt hat. Wir sind also nicht so weit vom Festland entfernt.

Ich folge ihrer Spur und erkenne in der Ferne schließlich etwas, das im Frühjahr oder im Sommer wieder eine Insel sein wird. Das Relief wirkt von Weitem sanfter und weitläufiger als das Packeis. Da, die Silhouette eines *Inukshuk* – ein Steinhaufen in der tröstlichen Form eines Menschen. Hier hatten einst Menschen ihr Lager.

Als ich die Insel erreiche, verdichtet sich die Schwärze um mich herum. Meine Schritte auf dem Eis klingen jetzt dumpfer, deshalb weiß ich, dass ich endlich auf festem Grund bin. Ich ruhe mich einen Moment in meinem Bärenfell aus. Und sage mir, dass es das letzte Mal ist: Entweder ich finde für die nächste Rast einen Unterschlupf oder ich erfriere hier, an diesem Ufer. Ich bin jetzt seit drei Tagen auf den Beinen, mein Körper besteht nur noch aus Schmerzen und Hunger. Ich habe mich gezwungen, an nichts zu denken, und so die Kraft gefunden, bis zu dieser Insel zu gehen. Doch jetzt, wo ich hier bin, wird mir klar, wie mutterseelenallein ich bin. Es gibt nicht mehr viel, was mich am Leben hält. Ich bin zu jung, als dass ich schon einem Geist begegnet sein könnte, der die Macht hätte, mich zu retten. Ikasuk, die bei mir liegt, ist mein einziger Schutz vor dem Tod – und sie ist bloß eine Hündin.

6

Am Morgen sehe ich mich eingehüllt in mein Bärenfell im schwachen Licht der Dämmerung auf der Insel um. Sie ist klein. Eine von denen, auf die man im Sommer die Hunde bringt, wenn man sie nicht braucht. Unter einem Stein ragen aus dem Eis zwei Rippen und ein Oberschenkelknochen hervor; offenbar ist einer von ihnen letzten Sommer hier gestorben. Ich befreie das Skelett und löse ein paar Knochen heraus. Der erste ist für Ikasuk und der zweite, den ich auf dem Stein einmal durchbreche, für mich. Die anderen stecke ich in die Tasche. Die kann ich vielleicht noch benutzen, später.

Ein Stück weiter an einem Felsbrocken liegt, halb im Schnee vergraben, eine Pfeilspitze aus Elfenbein. Ramponiert und stumpf, aber noch zu gebrauchen. Wer hat die wohl hier zurückgelassen? Ich grabe ringsherum noch weiter und finde ein eingestürztes Zelt aus Häuten. Es ist gefroren, hart wie Stein, und für mich nutzlos. Ich muss mir selbst einen Unterschlupf bauen.

Ich binde die Pfeilspitze an den Schaft der Harpune und beginne, damit Blöcke aus dem Schnee zu schneiden. Das ist sehr viel mühsamer als mit einem langen, flachen Messer. Als ich die Blöcke aufeinanderstapele, finden sie keinen Halt. Die Spirale ist ungleichmäßig. Am liebsten würde ich losheulen, aber was würde das bringen? Also mache ich weiter, die Hände trotz der Fäustlinge steif gefroren. Endlich kommen die Platten mehr schlecht als recht über meinem Kopf zusammen, sodass sie Wind und Kälte abhalten. Kraftlos sinke ich darunter zusammen. Ikasuk, die bei mir in der Grube geblieben ist, schmiegt sich an mich, und wir schlafen von allen Seiten geschützt in unserem Iglu ein.

Als ich aufwache, sickert Licht durch die Fugen zwischen den Schneeblöcken. Das kann nicht die Sonne sein, so hoch steht sie um diese Jahreszeit nicht. Im Westen muss der Mond aufgegangen sein. Draußen heulen die Hunde. Ich stecke mir das letzte Stück gefrorenes Fleisch in den Mund, lutsche das Fett ab und spucke die Fasern wieder aus, für später. Ikasuk gebe ich ein Stück Knorpel. Die anderen Hunde riechen es, bellen und kratzen von außen an den Igluwänden. Geschwächt wie ich bin, traue ich mich nicht, ihnen entgegenzutreten. Am liebsten würde ich warten, bis sie weg sind, aber jetzt zeigt auch Ikasuk erste Anzeichen von Nervosität. Mit angelegten Ohren sieht sie mich an und knurrt.

Also nehme ich mir meinen selbst gebauten Speer und schlage damit gegen die Wand des Iglus. Schließlich gibt einer der Schneeblöcke nach, und Ikasuk stürmt durch das Loch nach draußen. Sofort stürzt sich einer der jungen Rüden auf sie. Ohne zu zögern, schieße auch ich hinaus und stoße mit aller Kraft den Speer nach ihm, direkt in die Rippen. Einmal komplett durchbohrt, liegt der junge Rüde ein paar Sekunden röchelnd im Schnee, dann tut er seinen letzten Atemzug. Die anderen drei bellen und sehen mich mit gesenkten Köpfen böse an – aber sie bleiben auf Abstand.

Ich nehme den noch warmen Hund mit ins Iglu, setze die Tür wieder ein und beginne, ihn zu zerlegen. Sein Fleisch ist widerlich, aber das lauwarme Blut bringt auch meines wieder zum Pulsieren. Ich spüre, wie es durch meine Arme strömt, die noch zittern von dem, was sie gerade getan haben, und wie es schließlich meine eiskalten Hände erreicht. Mein Körper und mein Geist erwachen zum Leben, und mit dem Halbmondmesser, meinem kostbaren *Ulu*, schneide ich so viele gute Stücke heraus, wie ich nur kann. Ich binde sie mit einem kurzen Riemen zusammen und vergrabe sie in einem Loch, direkt im Eis. Nachdem ich auch die Knochen verstaut habe, gehe ich noch einmal hinaus und werfe den Hunden die Reste hin. Nach ein paar Sekunden ist alles vertilgt. So als wären es nie vier junge Rüden gewesen – immer nur drei.

7

Ich weiß, dass mich das Hundefleisch nicht lange am Leben halten wird. Und dass die anderen, ausgehungert wie sie sind, mir keine Atempause lassen werden. Mit ihnen jagen, von ihnen lernen oder von ihnen getötet werden – eine andere Wahl bleibt mir nicht. Also gehe ich wieder nach draußen, über dem Kopf mein Bärenfell und in der Hand meinen Speer. Die Hunde, fürs Erste gesättigt vom Fleisch ihres Artgenossen, folgen mir brav und beinahe respektvoll.

Ich war schon ein paar Mal allein auf der Jagd. Aber mit brauchbaren Waffen, die mein Vater passend für meine Hände angefertigt hatte. Jetzt habe ich bloß einen notdürftig zusammengebastelten Speer, dessen Spitze beim kleinsten Stoß abbrechen wird. Es wird schwierig, damit irgendetwas zu erlegen. Meine Überlebenschancen stehen besser, wenn ich den Hunden ihre Beute streitig mache und einen Teil davon für mich beanspruche. Dazu muss ich Ikasuks Platz als Rudelführerin einnehmen. Darf die Hündin nicht mehr vorangehen lassen. Muss mich den jungen Rüden gegenüber durchsetzen. Sie jedes Mal anbrüllen, wenn sie sich mir nähern, und wenn nötig, die Zähne fletschen.

Wir gehen am Ufer entlang. In der Ferne entdecke ich einen Polarfuchs, der sich aufs Packeis gewagt hat. Ich hetze die Hunde auf ihn, aber er hat zu viel Vorsprung: Er macht kehrt und flüchtet auf die Insel. Für den Moment ist er uns entwischt, aber ich habe gesehen, wo er sich in etwa versteckt hat.

Seine Spur führt zu einem Loch unter einem Stein, der wiederum unter einer dicken Decke aus Eis und Schnee verborgen ist. Man bekommt kaum den Arm hinein – und der Fuchs ist sicher noch viel tiefer unten. Weder ich noch die Hunde kriegen ihn jetzt dort heraus. Ich schicke sie in der

Umgebung jagen und halte derweil um mich herum nach weiteren Spuren Ausschau. Wo es Füchse gibt, sind meistens auch andere Räuber oder kleine Tiere nicht weit, die für mich leichter zu jagen sind.

Als ich den Steinbrocken umrunde, entdecke ich ein Stück weiter einen anderen Stein, dieser etwas flacher. Er hat Ähnlichkeit mit den Steinplatten, unter denen man Nahrung lagert. Dass auf dieser Insel ein *Inukshuk* steht, ist ein Zeichen dafür, dass hier schon Jäger waren. Vielleicht liegt ja noch irgendetwas Essbares darunter?

Ich rufe die Hunde zu mir. An der Steinplatte angekommen, schnüffeln sie, wedeln mit dem Schwanz und knurren – dann laufen sie weg. Kurz darauf kehren sie zurück. »Los, sucht, sucht weiter!« Ikasuk bellt, die anderen sind unentschlossen, nervös. Wenn ich ein Geschirr hätte, würde ich versuchen, sie den Stein anheben zu lassen, aber so scheuchen die Hunde nur drei Lemminge auf – für jeden nur ein Happen.

LIED DES VATERS

Aya, aya!
Die Nacht brach herein
Nach Tagen auf den Beinen
Das Packeis brach entzwei

Aya, aya!
Ich hatte eine Tochter
Das Wasser riss den Schlund auf
Und trug mich von ihr fort

Ganz allein ist sie nun
Mit dem Zahn eines Bären
Und ein paar Hunden

Ich höre nicht mehr ihren Schritt
Sehe nicht mehr ihre Runden

Heute Morgen sprach das Packeis zu mir
Bald, schon bald erwacht der Tag
Und in einem Lager für die Nacht
Findet sie jemanden zum Sprechen
Und wird all das vergessen

Derweil warten wir
Wir warten und bleiben ihr Vater
Bleiben ihre Mutter
Ihre Schwester und ihr Bruder
Aya, aya!

Wir werden uns später wiedersehen
Eines Tages tief unten im Meer
Im Reich der Göttin Sedna
Aya, aya

8

An den Tagen darauf gehe ich oft zurück zu dem flachen Stein. Endlich gelingt es den Hunden, den Fuchs zu überlisten, und ich schaffe es, ihnen genügend Fleisch abzunehmen, um den Knoten in meiner Speiseröhre zu lösen und meinen krampfenden Magen zu täuschen. Sogar ein Stück Haut kann ich vor ihren Fangzähnen retten, um damit meine Handschuhe auszubessern, die ich beim Scharren über das Eis zerschunden habe. Irgendetwas verbirgt sich darunter, da bin ich mir ganz sicher. Nach und nach höhle ich den Schnee aus, kratze eine Rinne ins Eis und lege kleine Spalten und Löcher frei. Irgendetwas ruft nach mir. Am Ende werde ich es finden.

Mein Speer ist kaputt. Aber ich trauere ihm nicht nach; der Schaft war gespalten, und die Spitze taugte zu nichts. Mit den Überresten kann ich jetzt weiterbohren und -graben … Und wenn schließlich nur noch kleine Splitter übrig bleiben, werde ich damit den Stein abschaben, um noch weiter vorzudringen.

Wenn ich nicht gerade im Eis kratze oder mir von den Hunden meinen Anteil an ihren mageren Fängen erstreite – gestern ein Polarhase, heute ein Schneehuhn –, ruhe ich mich im Iglu aus. Ich versuche, die Anzahl der Tage nicht aus dem Blick zu verlieren, und markiere jeden Sonnenaufgang mit einer kleinen Kerbe in meinem Bärenfell.

9

Auch an diesem Morgen liege ich bei Tagesanbruch im Schnee. Drüben im Osten kämpfen sich mühsam ein paar Sonnenstrahlen über den Horizont, aber ich habe keinen Blick dafür: Ich stecke mit beiden Armen in dem Spalt und versuche, den Graben entlang des Steins zu verbreitern.

Den Kopf in der Dunkelheit, höre ich auf einmal seltsame Geräusche. Es klingt, als kämen sie aus einem Maul, aus Nasenlöchern. Einatmen, ausatmen, schnauben. Ich hebe den Kopf. Bestimmt ist irgendwo in der Nähe ein Walross oder eine Robbe, aber als ich nachsehe, ist da nichts, nur das Packeis. Die Geräusche kommen von unten.

Ich drücke das Ohr an die Steinplatte und hämmere mit den Fäusten dagegen. Als Antwort kommt ein wildes Kratzen – da unten ist also tatsächlich jemand. Eine so schwere Steinplatte kann nur ein Riese derart in Schwingung versetzen. Um ihm zu zeigen, dass ich verstanden habe und dass er aufhören kann, sich die Finger zu zerschinden, imitiere auch ich die Geräusche einer Robbe, so wie ein Jäger auf dem Eis. Das Kratzen hört auf, und kurz darauf erhebt sich ein grauenerregender Gesang, der mir in den Ohren schmerzt.

LIED DES RIESEN – I

Ei! Ei!
Hast du mich also gefunden

Der Stein ist mein Bauch
Der Stein ist meine Schulter
Meine Beine und mein Rücken auch

Reibst du daran
Kitzelst du mir die Rippen
Und bringst meinen Schädel zum Dröhnen

Geh wieder, geh
Ich brauch keine Frau
Geh
Denn ich bin schrecklich hungrig
Doch kann nichts essen, ohne grausam zu leiden
Mein Mund, der schluckt
Doch mein Bauch ist verstopft
Gibt nichts je wieder preis

Ich will dich nicht
Will nicht deinen Leib und auch nicht dein Lied
Ich bin aus schwarzer Nacht
Und du aus warmem Schnee und Blut
Geh jetzt, geh und mach's gut

Du bist jung
Du bist feist
Du bist zart
Lieber ist mir Aas
Eine Greisin oder ein Greis
Nach mehr steht mir nicht mehr der Sinn
Mein Weg führt nirgendwo mehr hin

Aya, aya!
Ich bin ein Koloss
Ich habe Klauen
Du wirst mir zu nichts taugen
Geh nur, geh
Und komm mir nie mehr unter die Augen

10

Der Riese hat gesprochen; ich muss seine Insel verlassen. Was nun? Soll ich in Richtung der Berge und des Lichts gehen? Oder versuchen, zurück zur Küste zu kommen? Es wird noch eine ganze Weile dauern, bis das Eis taut, aber es gibt darauf kaum Tiere. Hätte ich die gute Harpune meines Vaters dabei, könnte ich Robben jagen. Aber mit den kläglichen Überresten des Speers ist daran nicht zu denken. Und außerdem jagt man auf dem Meer nicht mit Waffen, mit denen man auf der Erde getötet hat.

Die Hunde folgen mir; ich habe mir das schwere Bärenfell wieder über den Kopf gezogen. Es ist anstrengend, so zu marschieren, im Dämmerlicht und ohne Schlitten. Aber ich weiß nicht, was ich sonst tun soll. Die Berge sind zu weit weg – ich muss zurück an die Küste, um jeden Preis. Wie weit ist sie entfernt? Das Packeis liefert mir nicht den geringsten Hinweis. Die Schollen schieben sich ineinander, schlagen gequälte Falten und zeigen mir keinen Weg – nur Brüche.

Gegen Ende des Tages zeichnet sich in der Ferne etwas ab. Am Horizont bewegen sich zwei kleine dunkle Flecken. Gespanne. Bald höre ich Hundebefehle. *Ili, ili* – nach links. *Ion, ion* – nach rechts. Wissen wenigstens sie, wohin sie gehen?

Der Mann, der das erste Gespann führt, sieht den anderen an und hebt mehrmals die Arme. Es sieht aus, als wollten sie meinen Weg kreuzen. Halten sie mich von Weitem vielleicht für einen echten Bären? Ich lasse meine Hunde auf sie los; die beiden Rudel prallen aufeinander und knurren sich an. Die Männer rufen ihre Hunde zurück und kommen allein auf mich zu. Ich lege das Bärenfell auf den Boden und warte.

11

Die Gruppe, bei der ich jetzt bin, besteht aus drei Familien, die der beiden Brüder und ihrer Schwester, deren Mann vor Kurzem gestorben ist. Unter ihren Kindern gibt es zwei Söhne, die älter sind als ich, einen kleineren Jungen und drei kleine Mädchen. Sie haben ihr großes Winterlager nach der Sonnenwendfeier verlassen, weil die Nahrungsreserven zur Neige gingen. Seither hat der Wind noch nicht stark genug geweht, um den Robben zwischen den Eisschollen Rinnen zu öffnen, und das Angeln im *Aglu* – einem Eisloch – war erfolglos. Ich erzähle ihnen, dass sich weit draußen auf dem Meer, noch jenseits der Insel, von der ich gekommen bin, ein Riss im Eis aufgetan hat. Sie sagen, man dürfe dort vor der Geburt der Ringelrobben nicht hingehen, weil sich die Risse dann noch nicht wieder schließen. Niemand fragt, woher ich weiß, dass dort Nebel aus dem Wasser aufsteigt, und ich verschweige die Tatsache, dass meine Familie darin verschwunden ist.

Aber diese Leute kennen mich. Wir haben drei Sommer hintereinander im selben Lager verbracht, an einem Ort namens Tullaat. Die beiden Brüder wissen, dass mein Vater ein hervorragender Jäger ist. Außerdem wollen sie alles über das Bärenfell auf meinem Rücken wissen: Wer das Tier getötet hatte, wie viele Hunde dabei waren, wie die Treibjagd abgelaufen ist. Sie können kaum glauben, dass ich an diesem Tag mit meinem Vater allein unterwegs war. Sie frotzeln: »Der Bär muss kräftig gewesen sein, so riesig, wie das Fell ist – aber auch ein bisschen dämlich, dass er sich einfach so von einem einzelnen Mann und einem Mädchen hat töten lassen!«

Ich kann weder zulassen, dass sie den Bären beleidigen, noch denjenigen, der ihn getötet hat, und so beginne ich zu erzählen: »Der Winter hatte gerade begonnen. Die Robben hatten unsere üblichen Jagdgebiete verlassen, deshalb haben wir uns über den Fjord hinausgewagt, dorthin, wo das Packeis brüchig ist. Meine Mutter und ich waren im Iglu und kauten Häute, um sie weicher zu machen, als mein Bruder und meine Schwester, die seit dem Morgen draußen spielten, etwas zu essen haben wollten. Meine Mutter ging nach draußen, um zu sehen, wie hoch die Sonne über dem Horizont stand, dann bat sie mich, meinem Vater ein paar Stücke Fleisch zu bringen. Er war seit mehreren Stunden unterwegs. Als ich in Richtung des offenen Meers aufbrach, war er nur ein winziger Punkt in der Ferne.

Sobald ich in Rufweite war, hob ich zuerst die Arme, um ihn nicht bei der Jagd zu stören. Er sah zwar in meine Richtung, blieb aber reglos stehen. Also legte ich das Fleischpäckchen da ab, wo ich war. Ich wollte mich umdrehen und zu unserem Lager zurückgehen, warf aber noch einen letzten Blick auf das Wasser. Und da entdeckte ich hinter ihm auf einmal einen schillernden Eisblock. Auch mein Vater hatte sich jetzt dem offenen Meer zugewandt. Schließlich hob er den Arm und winkte mich zu sich. Unterwegs zu ihm fand ich seinen Mantel und einen Speer, den er zurückgelassen hatte. Ich hob ihn auf und ging weiter auf ihn zu.

Auf dem Eisblock befand sich ein Bär, der gerade jagte. Er hatte meinen Vater wahrscheinlich gesehen, störte sich aber nicht weiter an ihm, zumal er allein war und auch keine Hunde dabeihatte. Der Wind kam vom offenen Meer, sodass er mich vielleicht nicht roch. Auf jeden Fall waren wir ihm inzwischen sehr nah.

Als ich bei meinem Vater ankam, hatte er glänzende Augen. ›Du hast den Bären zuerst entdeckt, nicht wahr? Also ist er für dich.‹ Er reichte mir mit einer Hand sein Gewehr und griff mit der anderen nach dem Speer, den ich aufgehoben hatte. Die Harpune auf dem Rücken, lief er von einem Eisblock zum nächsten, bis er in der Nähe des Bären war. Der fühlte sich jetzt gestört und sprang ins Wasser, setzte seine

Jagd aber fort: Einige Meter weiter kletterte er wieder aufs Eis. Mein Vater spannte also seine Harpune und zielte in seine Richtung, doch ohne ihn wirklich treffen zu wollen. Der Bär ließ sich ins Wasser fallen und verschwand aus unserem Blickfeld. Mein Vater sah mich an, und ich wusste nicht, was ich tun sollte, außer das Gewehr an die Wange zu drücken.

Auf einmal schoss der Bär in einer Fontäne am dicken Rand des Packeises aus dem Meer, sein Pelz noch ganz blau vom Wasser. Er war nur noch zehn Meter von mir entfernt und entdeckte mich genau in dem Moment, in dem ich auf ihn zielte. ›Los, schieß!‹, rief mein Vater. Und ich schoss. In die rechte Seite. Der Bär wich zurück, fiel aber nicht um. Er ging auf die Hinterbeine und brüllte furchterregend. Ich schoss noch einmal, diesmal in die linke Seite. Ich habe gehofft, ich hätte das Herz getroffen, aber er brüllte noch einmal und taumelte auf mich zu.

Mein Vater brachte ihn schließlich mit einem Pfeil in den Hals zur Strecke. Ein paar Schritte vor mir sank er leblos in sich zusammen. Mein Vater war ganz nah bei ihm.«

In diesem Moment, und das erzähle ich den beiden Männern nicht, waren die Augen meines Vaters randvoll von Freude und Stolz. Ich hatte meinen ersten Bären getötet. Seine Älteste war jetzt eine richtige Jägerin.

»Aus dem Mund deines Vaters würde ich diese Geschichte bereitwilliger glauben«, sagte einer der beiden Brüder schließlich. Und der andere fügte hinzu: »Du kommst bald mal mit uns auf die Jagd, dann sehen wir ja, ob du so tapfer bist, wie du behauptest. Bis dahin erzähl den Frauen keine Lügengeschichten.«

Ich habe nicht die Absicht, Lügengeschichten zu erzählen. Weder den Frauen noch sonst irgendjemandem.

12

Das Winterhaus, das sich die drei Familien teilen, ist in schlechtem Zustand. Die Balken, die hinten auf einem Hang aufliegen, sind unterschiedlich groß und wurden mit alten, verwitterten Walknochen verlängert. Die Häute, die als Dach dienen, hängen hier und da in Fetzen herab. Manchmal fällt ein Stück Torf auf die Öllampe oder in den Wasserbottich. Aber das scheint niemanden zu stören. Ich teile mir die Nische ganz vorn mit der Witwe und ihren beiden kleinen Töchtern. Die beiden sehen mich die meiste Zeit schüchtern lächelnd an. Manchmal kichern sie miteinander, dann schmiegen sie sich wieder schutzsuchend an ihre Mutter. Sie wiederum will offenbar keinen Kontakt mit mir. Vielleicht ist ihr Schmerz noch zu groß. Ich weiß nicht, seit wann ihr Mann tot ist.

Die beiden anderen Frauen sind fröhlicher, beziehen mich bereitwillig in ihre Arbeiten mit ein. Bis zu dem Tag, an dem die Männer ankündigen, dass sie Jagen gehen, und mich mitnehmen. Die Miene der Frauen verändert sich, und ich lese in ihren Blicken Beunruhigung. Ihretwegen oder meinetwegen?

Am nächsten Morgen brechen wir mit zwei Schlitten auf. Der Ältere der beiden Brüder, den die anderen Utoqaq nennen – der Alte –, gibt mir die Anweisung, neben seinem Schlitten herzurennen. Sie fahren weit, ich muss lange rennen.

Den ganzen Vormittag läuft uns außer ein paar Füchsen nichts über den Weg. Die beiden Brüder geben mir trotzdem ein Gewehr. Sie bitten mich, ein paar Lemminge aufzuscheuchen, damit sie sie schießen können. Ich weigere mich. Am Abend kommen wir ohne Beute nach Hause. Die Frauen reden nicht mit mir.

Ein andermal ziehen wir zu fünft los, mit ihren beiden ältesten Söhnen. Nach kurzer Zeit stoßen wir auf eine Walrosskolonie. Ein junger Bulle liegt etwas abseits der Gruppe – die ideale Beute. Sie legen sich hinter einem Schneehügel auf die Lauer und bedeuten mir, mich dem Tier zu nähern. Ich habe noch nie Walrosse gejagt und weiß nicht, wie ich ihre Laute nachahmen soll. Ich soll auf dem Eis zu ihm hinrobben. Außer dass ich ihn vertreibe, erreiche ich damit gar nichts. Der Alte wird wütend. Sein Bruder erinnert ihn daran, dass es ihre Schuld ist. Dann mischen sich auch noch die Söhne ein. Noch nie habe ich bei der Jagd derart nervöse Männer gesehen.

Während sie die Sache unter sich klären, entdecke ich in der Ferne eine Gruppe Ringelrobben. Ich gehe in ihre Richtung. Mein Vater hat mir beigebracht, wie man sie jagt. Ich lege mich aufs Eis und brülle wie sie, ahme ihre Laute nach. Das kann ich ziemlich gut. Töten lassen sie sich dann am besten mit dem Speer. Je nachdem, ob ich ein Weibchen oder ein Männchen ins Auge gefasst habe, rufe ich wie ein verirrtes Junges oder wie ein junger Rivale. Ich nähere mich ihnen gerade so weit, dass ich ihren Atem riechen kann, dann schwinge ich meinen Speer. Zack – ein einziger Hieb in die Seite.

Das Blut strömt heraus, während ich ein paar Worte des Danks an den Geist des Wesens richte, das sein Leben gegeben hat.

Und so bringe ich den Männern an diesem Tag ein schönes fettes Robbenmännchen. Einer der Söhne hilft mir beim Zerteilen. Schweigend essen wir jeder unseren Anteil, dann bringen wir den Rest ins Lager. Am Abend, als wir alle auf der Plattform des Winterhauses versammelt sind, geräuschvoll Rippen und Flossen auslutschen, ruft der Alte zu meinen Ehren, mit einer Mischung aus Ironie und Anerkennung: *»Arnaautuq!«* Missratener Junge. Fortan wird das im Lager mein Name sein.

13

Die Männer nehmen mich nicht immer mit auf die Jagd, aber wenn, bringe ich ihnen meistens Glück und erlege oft meine eigene Beute. So habe ich nicht das Gefühl, der Gruppe zur Last zu fallen. Trotzdem ist der Alte jähzornig. Andauernd versucht er, mich in Schwierigkeiten zu bringen. Er lässt mich nie auf den Schlitten und setzt mich Gefahren aus. Einmal hätte er beinahe auf mich geschossen. Sein Neffe hat das gerade noch verhindert. Und ihm mit kühler Stimme gesagt, ihm werde meinetwegen nie Beute entwischen, denn ich sei immer genau da, wo ich sein soll.

Eines Morgens zu Beginn des Frühjahrs weckt er mich, damit ich mit ihm hinaus in die Nacht gehe. Seine Schwester, mit der ich mir die Nische auf der Plattform teile, die aber nie Interesse an mir gezeigt hat, dreht sich zu mir um. Unter ihrem Fell versteckt, macht sie mir ein Zeichen, nicht mitzugehen. Aber der Alte steht in voller Montur vor mir und wartet; mir bleibt nichts anderes übrig, als mich ebenfalls anzuziehen. Während ich in meine *Kamik* steige, sehe ich, dass ihr Blick starr ist vor Entsetzen.

Draußen sind die Hunde eingespannt und der Schlitten bereit. Der Alte lässt die Peitsche knallen, und ich muss loslaufen. Der Wind weht und wirbelt feinen Pulverschnee auf, der mir die Sicht nimmt. Ich muss mich so nah wie möglich beim Schlitten halten, wenn ich ihn nicht aus den Augen verlieren will. Ich habe keine Ahnung, wo es hingeht. Es ist kein guter Tag zum Jagen.

Nach einer Zeit, die mir vorkommt wie ein ganzer Tag – das kann nicht sein, denn ich sehe noch die Sonne hinter der Wolkendecke hervorscheinen –, halten wir an, offenbar auf einer Insel mitten auf dem Packeis. Oder vielmehr auf einem Riff, dem schroffen Relief nach zu urteilen.

Der Mann spannt die Hunde ab und sagt, dass sie hungrig sind und wir etwas für sie jagen müssen. Bei diesem Wetter wüsste ich nicht was. Er zeigt auf ein Loch; darin verstecken sich sicher Polarhasen, sagt er, ich soll hineinkriechen und sie aufscheuchen. Ich muss mich bücken und mit einem Messer den Schnee wegkratzen. Beim Hineinrobben schürfe ich mir die Haut an dem Fels auf, der unter dem Eis hervortritt.

Plötzlich wird es vollkommen dunkel. Der Alte ist mir gefolgt, sein Körper versperrt die ganze Öffnung, sodass kein Licht mehr hereinkommt. Mit beiden Händen packt er meine Hüften und verdreht sie. Wenn ich mich nicht umdrehe, werden meine Wirbel nachgeben wie die eines Polarhasen. Jetzt liege ich rücklings auf dem Boden, spüre auf mir sein Gewicht. Er schiebt mir die Hände unter die Jacke, öffnet meine Hose. Ich spüre das Eis unter meinen Schenkeln und davor etwas Warmes. Das größer wird. Ich will weg davon, aber der Alte packt meine Hand und drückt mir die Kehle zu. Es riecht nach Urin, gegerbten Häuten und ängstlichem Tier. Es durchzuckt ihn ein paar Mal, dann ergießt sich etwas Lauwarmes auf mir. Mit einem Atemstoß sinkt er in sich zusammen. Ich kann meinen linken Arm befreien, bekomme das Messer zu fassen, das neben mich auf den Boden gefallen ist, und versetze ihm damit einen kräftigen Hieb in die Seite – wohin genau, weiß ich nicht. Offenbar nicht ins Herz, denn der Alte krümmt sich wie eine Robbe auf dem Packeis. Durch den Spalt blitzt Licht herein; ich liege mit den Füßen in Richtung Ausgang. Draußen höre ich die Hunde, ich kann nicht hinaus.

LIED DES ALTEN

Ei! Ei! Als ich ein junger Jäger war
Nahmen die Robben Reißaus vor mir
Im Sommer, im Winter, im Frühjahr
Immer flohen sie vor mir

Ich richtete die Harpune auf sie
Meinen Speer
Und mein Gewehr
Doch die Robben sah ich nicht mehr

Verschwunden im Wasser
Unter den Schollen
Hinter dem Eisberg

Dann kam ein andrer Jäger
Derselbe jedes Mal
Der andere Jäger wartete ab
Oder schnaubte so wie sie
Und sie tauchten wieder auf

Ein anderer Jäger hob die Harpune
Derselbe jedes Mal
Und er brachte die Robbe heim
Kein Speer, kein Gewehr, nur ein Stoß mit der Harpune
Ein einziger, und sie war sein

Der Angakok sprach eines Tages zu mir:
Der Mann ist mit den Robben im Bunde
Verbünde du dich mit dem Meer
Also rief ich Sedna an

Aber Sedna rührte sich nicht
Ob im Kajak, ob auf dem Eis

Stets trug der andere die Beute fort
Verhöhnte mich so ohne ein Wort

Eines Tages war er weg
Und die Robben schenkten sich mir
Doch zu spät: Meine Ehre war verletzt

Rache, einzig nur Rache
Daran habe ich all die Jahre gedacht
An seiner Frau, seiner Tochter, seinem Gespann
Ich schwor es mir – ich übe Rache, sobald ich kann

Heute verdecken Wolken die Sonne
Verschleiert milchiges Weiß den Horizont
Der Geist des Wolfs heult es mir in die Ohren:
Es ist so weit, es ist vollbracht –
Die Rache hat dich schön gemacht

14

Ich laufe nicht neben dem Schlitten her, ich liege darauf wie ein Päckchen gefrorenes Fleisch. Mein Blick ertrinkt im Weiß des Himmels, mein Geist ist trüb.

Kurz bevor wir im Lager ankommen, wirft mich der Alte auf den Boden. Er wälzt mich im Schnee, dann legt er mich wieder auf den Schlitten und bringt mich zu seiner Schwester in die verdunkelte Winterhütte. Die Frau zieht mich bis zu unserer Nische und wickelt mich in mein Bärenfell. Wieder sucht sie meinen Blick – regelrecht flehentlich. Aber ich bin nicht in der Lage, sie anzusehen. »Du hättest nicht mitgehen dürfen, ich hätte dich nicht lassen dürfen«, sagt sie, zu sich selbst wie zu mir. Ich schlafe ein.

Als ich wieder aufwache, haben sich ihre beiden Töchter an mich geschmiegt. Sie lächeln mich an, aber ihre Augen sind traurig. Eine von ihnen kaut getrocknetes Fleisch und versucht, mir etwas davon in den Mund zu stecken. Aber ich bekomme die Kiefer nicht auseinander.

So vergehen mehrere Tage, an denen ich vollkommen kraftlos daliege. Ich höre, wie sich die Frauen der beiden Brüder beklagen, dass die Jagd erfolglos ist, die Männer sich merkwürdig verhalten und ihre Söhne nervös wirken. Die Schwester, die sich um mich kümmert, wiederum schweigt. Nur ihre Blicke sprechen, sie sprechen zu mir und umfangen mich mit seltsamer Freundlichkeit – so als würden wir von nun an zur selben Welt gehören, ohne dass die anderen etwas davon wissen.

Eines Morgens kann der Alte nicht mehr aufstehen. Er hat seitlich am Rumpf eine böse Wunde, die nicht heilen will. Seine Frau hat Angst; ich höre sie schluchzen. Die andere Frau, die des Bruders, kommt zu mir. Sie will, dass ich zusammen mit den Männern losziehe zur Jagd. Ich kann nicht.

»Wir füttern dich hier nicht durch, wenn du nichts dafür tust«, sagt sie. Sie hat recht. Morgen werde ich aufstehen, morgen werde ich losziehen.

15

Ich zog nicht am nächsten Morgen los – ich war noch zu schwach –, sondern erst im fünften Morgengrauen. Die Tage sind länger geworden, wir haben jetzt mehrere Stunden volles Licht. Normalerweise ist das die Zeit, in der man auflebt, in der man sich freut. Aber in dem Winterlager, das ich hinter mir lasse, weint eine Frau und stirbt ein Mann. Ich selbst bin in der Mitte einmal durchgeschnitten. Wenn das Leben nichts Gutes verspricht, kann ich ebenso gut daraus scheiden.

Ich muss mir nur irgendeine Felsspalte suchen, in die ich mich stürzen kann. Den Tod zu wählen, ist nichts Ungewöhnliches, und ich frage mich, warum ich nicht schon früher daran gedacht habe. Sicher, weil ich noch nicht von anderen abhängig war, und weil noch kein Schnitt durch meine Mitte ging. Dem Packeis eine Last zu sein, ist eine Sache; sich selbst und der Gruppe eine Last zu sein, eine ganz andere – nichts, was man sich wünscht.

Der Riese, der neulich auf der Insel zu mir gesprochen hat, kennt ganz sicher den Weg zu der Welt, in der die Toten weilen, jene, die kaum essen und nichts wiegen, weder auf dem gefrorenen Bauch des Meeres noch auf der Kruste der Erde. Zur Insel finde ich zurück. Das Packeis knackt hier und da, zischt und wirkt bereits alt. Die wärmeren Tage lassen sicher nicht mehr lange auf sich warten – aber ich werde sie nicht mehr genießen können.

Die Steinplatte ist immer noch da, jetzt unter einer undurchsichtigeren Schicht aus Eis, blasiger als beim letzten Mal. Ich setze mich darauf und ahme den Schrei einer Robbe nach – nichts passiert. Ich warte noch eine Weile. Ist der Riese womöglich nicht mehr da? Hat er sich vielleicht noch tiefer in den Boden zurückgezogen?

Ich warte, bis die Nacht hereinbricht. Schließlich beginnt er, mit den Klauen zu kratzen, die Steinplatte vibriert. Kurz darauf zerschabt mir seine raue Stimme die Gehörgänge.

LIED DES RIESEN – II

Ei! Ei! Was machst du noch hier?
Sag, hast du mich nicht verstanden?

Es gibt hier unten nichts
Nur schlecht tätowierte Frauen
Linkische Jäger
Kälte und Hunger, Hunger und Kälte
Sonst haben wir nichts
Das Einzige, was wir noch essen,
Sind Schmetterlinge
Wir fangen sie mit gefesselten Händen
Gefesselt hinter dem Rücken

All das, all das ist nichts für dich
Wir lassen dich hier nicht rein
Wir lassen dich hier nicht rein – aya!

Leben musst du, in deiner Welt
Der Tod steht dir noch nicht zu
Kehre zu den Lebenden zurück
Und suche dir deine Kinder
Eine Tochter wird dir geboren
Und ein Sohn und dann ein zweiter

Kinder beschützen jene
Die ohne Vater sind
Und ohne Mutter
Das Packeis, das die Eltern entreißt

Schenkt auch die Kinder
Doch muss man sie suchen
Sie suchen –
Hast du mich gehört?

Und jetzt geh
Mach dich auf der Stelle fort
Los, weg, weg mit dir
Ich bin der Riese
Der nur mit Greisen spricht

Ich will dich nicht
Will deinen Leib nicht und auch nicht dein Lied
Ich bin aus schwarzer Nacht
Und du aus warmem Schnee und Blut
Geh jetzt, geh und mach's gut

16

Wieder hat mich der Riese davongejagt. Ich gehe zurück in das Winterhaus in der Hoffnung, dass der Alte tot ist. Aber das alte Aas stirbt nicht einfach so: Bei meiner Rückkehr geht es ihm schon besser. Seine Frau weint nicht mehr, und die andere Frau, die seines Bruders, betrachtet mich nicht mehr wie fauliges Fleisch, dem die Würmer noch in diesem Sommer an den Zehen nagen werden.

Die Tage sind jetzt länger, wir müssen das Winterhaus abbauen. Alles auf den Boden legen, die Felle ausschütteln, die Balken aus Holz und Knochen abbauen, die Steinwände. Eine neue Jahreszeit hat begonnen, ein herrlicher Frühling, in dem sich der Alte von dem Messerstich erholt. Ich hasse den Mann, der mich entzweigeschnitten hat, aber ich habe keine andere Wahl, als ihm und den seinen in ihr Sommerlager zu folgen.

Seine Schwester verfolgt mich auch jetzt noch mit eindringlichen Blicken. Man könnte meinen, sie will in mir etwas sehen, von dem ich nicht weiß, was es ist. Gespannt untersucht sie meine Wäsche, hält Ausschau nach Blut. Eines Tages findet sie endlich welches: »Gut, du wirst in diesem Jahr keinen Hund zur Welt bringen«, sagt sie erleichtert. Doch gleich danach fügt sie mit sorgenvoller Miene hinzu: »Ein Kind brauchst du trotzdem …« Hat sie mit dem Riesen gesprochen? Sie lässt mich wissen, welcher ihrer Neffen ihrer Meinung nach ein guter Vater wäre. Es handelt sich um den älteren Sohn ihres jüngeren Bruders. Er ist sanft, gewitzt und ein guter Jäger. Aber mir ist der andere lieber – der Sohn des Alten. Weil er sich seinem Vater entgegenstellt.

Leider bin ich eine bessere Jägerin als er. Schon mehrere Male habe ich ein Tier erlegt, das ihm entwischt ist. Sein Vater wird jedes Mal wütend und demütigt uns beide, indem er uns *Arnaautuq* nennt, ihn wie mich – zwei missratene Jungen.

Bis zu dem Tag, an dem ich ihn anschreie: »So heiße ich nicht!« Der Alte durchbohrt mich mit einem Blick aus seinen gelben Augen. Jetzt ist mir klar, dass er mich umbringt, wenn ich seinen Sohn noch einmal bei der Jagd demütige. Nur, dass sein Sohn sich nicht gedemütigt fühlt. Er sieht mich an, beobachtet mich heimlich – ohne Liebe und ohne Hass, nur voller Neid.

17

Eines Tages, als sein Vater gerade das Lager verlassen hat, bittet mich Tulukaraq – Junger Rabe –, dass ich ihm zeige, wie man mit der Harpune umgeht. Aber so etwas kann man nicht erklären. Das geht nur auf der Jagd. Jetzt, wo das Packeis in Stücke bricht und die Robben in den Rinnen dazwischen herumschwimmen, brauchen wir nur zusammen aufs Wasser zu gehen.

Tulukaraq hat sein eigenes Kajak, ich nehme das seines Cousins. Etwas ungeschickt schnalle ich meine Waffen vor der Sitzluke fest und befestige hinten lasch die Fangblase. Tulukaraq zieht die Riemen fester und bringt die Kajaks bis ans Ufer. Als ich mich in meines hineinsetzen will, kentere ich um ein Haar. Kajakfahren ist nicht meine Stärke. Mein Vater hat mein Kajak immer mit an seins gebunden. Genau aus diesem Grund wollte ich, dass wir zusammen aufs Wasser gehen. Tulukaraqs Tante meint, er sei zwar kein guter Jäger, aber sehr geschickt mit dem Kajak. Ich will, dass er mir etwas beibringen kann.

Tulukaraq zeigt mir, wie ich das Kajak unter meinem Po und zwischen meinen Armen stabilisieren kann. Langsam bewegen wir uns vorwärts, er bleibt immer an meiner Seite. Wir sind erst wenige Meter vom Ufer entfernt, als mich eine lautlos vorbeifliegende Schneeeule erschreckt.

Ich verliere das Gleichgewicht; Tulukaraq hält mir sein Paddel hin, an dem ich mich festhalten kann. Er lacht über meine Ungeschicklichkeit und löst schließlich den Riemen seiner Fangblase, bindet ihn vorn an mein Kajak und schleppt mich zwischen den Eisschollen hindurch.

Etwa in der Mitte der Bucht erreichen wir eine Stelle, an der sich eine Gruppe Ringelrobben aufhält. Er gibt mir einen Stoß mit dem Paddel, damit ich vor ihm bin und ungehindert zustoßen kann. Wir sind jetzt vollkommen still. Die Robben haben uns noch nicht gesehen. Die dickste ist zu weit weg, deshalb konzentriere ich mich auf ein junges Männchen uns gegenüber, das auf einer abtreibenden Eisscholle liegt. Ich beobachte seine Stimmung, seine Bewegungen. Genüsslich streckt es die Schnauze in den Wind. Wir sind im Lee; ich kann es riechen, richte mich im Rhythmus seines Atems ein. Hinter dem weißen Tuch, das vorn über dem Kajak aufgespannt ist, hebe ich die Harpune und warte.

Genau in dem Moment, ich dem sich die Robbe, vielleicht etwas ahnend, ins Wasser gleiten lassen will, schießt mein Arm vor. Pfeil und Riemen folgen, und mit einem dumpfen Geräusch bohrt sich die Elfenbeinspitze in das Fleisch. Die Robbe brummt auf und lässt sich schwerfällig ins Wasser plumpsen. Der Riemen spult sich ab, und ich schaffe es gerade noch, die Fangblase zu werfen. Das Tier und seine Boje verschwinden, zuerst ruckweise und dann ganz.

Die anderen Tiere um uns herum sind nacheinander ins Wasser gesprungen. Wir schaukeln auf den Wellen, die sie erzeugt haben. Es wird nicht lange dauern, bis die Blase wieder auftaucht. Tulukaraq und ich warten schweigend inmitten der Eisschollen, auf denen jetzt keine einzige Robbe mehr zu sehen ist.

Plötzlich schießt nahe einer Eisscholle etwas Dunkles hoch. Wir paddeln darauf zu und packen die Fangblase mit beiden Armen, aber sie hängt fest. Die Robbe ist da, am anderen Ende des Riemens, aber sie ist auf der Flucht tief unters Packeis getaucht. Ihr regloser Körper hat sich vielleicht in einem Luftloch unter dem Eisdeckel verklemmt. Wir ziehen weiter mit aller Kraft, und schließlich gelingt es uns, sie zu uns zu holen.

Jetzt, wo das Tier sicher bei meinem Kajak ist, überlässt Tulukaraq alles Weitere mir. Ich packe die Robbe an den Flossen und schneide die Haut über dem Schädel mit dem Messer ein. Nachdem ich die Fettschicht in mehrere Richtungen abgelöst habe, beuge ich mich über den Schnitt und puste kräftig hinein, wie um sie aufzublasen. So lässt sich die Haut später besser lösen. Nun können wir uns auf den Rückweg machen. Wieder legt Tulukaraq einen Riemen vorn um mein Kajak und schleppt uns beide, die Robbe und mich, zum Ufer.

Nachdem wir sie an Land gehievt haben, geben wir ihr als Allererstes zu trinken – zum Dank, dass sie sich hat fangen lassen, und um ihren Geist zu ermuntern, sich auch beim nächsten Mal zu ergeben. Danach tragen wir sie bis zum Lager, wo die Frauen sie zerlegen, das Fleisch in Stücke schneiden und sich dann ans Aufteilen machen. Weil wir sie zusammen erlegt haben, bekommen Tulukaraq und ich jeder zwei Rippen sowie die Haut. Den Rest teilen die anderen unter sich auf.

18

Den Frühling über gehen Tulukaraq und ich oft zusammen jagen. Sein Vater nimmt mich nicht mehr mit und schneidet seinen einzigen Sohn; er nimmt jetzt seinen Neffen mit, wenn er loszieht, um den Robben am *Aglu* aufzulauern. Auf dem Packeis ist der Alte nicht schlecht – auf jeden Fall geschickter als auf dem Wasser.

Am Anfang hat mich Tulukaraq wie damals mein Vater mit in sein Kajak genommen, aber dann beschlossen wir, aus den Häuten der Robben, die wir fingen, eins in meiner Größe zu bauen. Sein Onkel beriet uns bei der Gestaltung des Gerippes: eine kurze Form, die sich zwischen den Eisschollen gut manövrieren lässt. Danach bespannten Tulukaraq und ich es mit Häuten. In der Mitte eine weiße, vorn und hinten eine schwarze.

Als wir eines Tages gerade dabei waren, die Nähte zu fetten, damit sie wasserdicht werden, kam der Alte vorbei und murmelte in Richtung seines Sohns: »*Arnaautuq …*« Missratener Junge, der Frauenarbeit verrichtet. Tulukaraq reagierte gar nicht. Aber als der Alte außer Hörweite war, sagte er: »Mein Vater ist ein schlechter Jäger. Die letzten Winter über haben wir immer wieder Hunger gelitten. Wir haben nur dank des Mannes meiner Tante überlebt. Jetzt, wo er tot ist, müssen mein Cousin und ich gute Jäger werden. Aber das ist schwierig, so neidisch, wie mein Vater ist. Er kann gute Jäger nicht ausstehen. Er hat deinen Vater gehasst und meinen Onkel auch. Und es weiß niemand genau, wie er ums Leben gekommen ist.« Tulukaraq schweigt einen Augenblick, dann fügt er hinzu: »Vor dem nächsten Winter muss ich meinen ersten Bären erlegen. Und lernen, mich unter allen Umständen zu verteidigen.«

19

Jetzt, wo ich mein eigenes Kajak habe, kann ich Tulukaraq folgen. Manchmal fahren wir richtig weit raus, aus der Bucht hinaus bis zum Fuß der riesigen Eisberge, die draußen auf dem Meer vorbeiziehen. Sie gleichen einem Gebirge auf dem Wasser. In den Stunden, in denen die Sonne höher steigt, sind sie so strahlend weiß, dass man sie nicht ansehen kann, ohne geblendet zu werden. Sie sprechen eine fremde Sprache, schmatzen, plätschern und knacken. Sie sind noch unberechenbarer als das Packeis.

Tulukaraq sagt, er sei im Frühjahr oft zu ihnen hingefahren und habe sie dadurch besser verstehen gelernt. Er kann die, die gerade von einem Gletscher abgebrochen sind, von jenen unterscheiden, die schon lange auf dem Meer herumtreiben. Er sagt, man erkenne das daran, wie glatt oder zerklüftet sie sind. Er sieht auch, welche sich vor Kurzem umgedreht haben oder es bald tun werden. Vor denen muss man sich in Acht nehmen, darf ihnen nicht zu nahe kommen, sonst läuft man Gefahr, in die Tiefe gerissen zu werden. Doch zu Beginn des Frühjahrs gebe es nichts zu befürchten, sagt Tulukaraq. Normalerweise kippen Eisberge erst dann, wenn die Sommersonne und die Strömungen ihr Werk getan haben.

Schweigend paddeln wir im Schatten eines dieser Eisriesen. Der regelmäßige Schlag unserer Paddel legt sich über das gleichmäßige Plätschern von Wasser, das sich irgendwo ergießt. Als wir uns einer Vertiefung in der Eiswand nähern, hören wir es noch deutlicher. Tulukaraq möchte, dass wir ihm nachgehen.

Wir fahren in eine Grotte mit Wänden wie aus Kristall. Eine solche Helligkeit habe ich noch nie gesehen. Wir sind von einer Art blauem Morgenlicht umgeben – diffus und ebenmäßig. Der Schall verbreitet sich langsam, das Licht, gefangen in Wasser und Eis, bewegt sich sachter als sonst. Die Eiswände, ansonsten durchsichtig, verwandeln sich neben und unter unseren Kajaks in opake Platten von einem so klaren und tiefen Blau, wie ich es noch nie zuvor gesehen habe.

Tulukaraq fährt noch weiter in die Spalte hinein. Er will wissen, woher das Plätschern kommt, und verschwindet hinter einer Eissäule. Ich höre, wie sein Kajak das Wasser teilt – und dann nichts mehr. Ich verharre eine ganze Weile reglos und warte gespannt auf seine Stimme. Da, endlich: »Hier ist das Bächlein. Kommst du zu mir, Uqsuralik?«

Es ist das erste Mal, dass Tulukaraq mich bei meinem Geburtsnamen nennt, demzufolge ich ein weißes Tier bin, zugleich Bärin und Hermelin. Ich traue mich nicht, ihm zu antworten.

»Da oben an der Spitze des Eisbergs ist ein Loch. Hörst du mich, Uqsuralik?«

»Ja, Tulukaraq«, sage ich, aber bewusst nicht zu laut.

»Ah! Das ist gut. Also, Uqsuralik, ich würde dir gern eine Frage stellen: Weißt du, warum sich die Toten manchmal im Himmel und manchmal auf dem Meeresgrund wiederfinden?«

Seine Stimme klingt fremd. Sie kommt von weit her.

»Ich habe keine Ahnung, Tulukaraq.«

»Na ja, weil sie durch solche Löcher wie das über meinem Kopf dorthin kommen, Uqsuralik.«

»Was willst du damit sagen, Tulukaraq?«

»Sieh mal, Uqsuralik, wenn du jetzt in diesem Moment sterben müsstest, würde die Namensseele – deine *Aleq* – durch ein Loch wie dieses schlüpfen. Dann kämst du in den Himmel, zu den Toten, die da oben auf einen Körper warten, in dem sie auf der Erde weiterleben können.«

»Und wenn ich in einem anderen Augenblick sterben würde, Tulukaraq?«

»Tja, wenn du nach einem Sturm sterben würdest, Uqsuralik, oder auch gegen Ende des Sommers, würde dein Weg durch dasselbe Loch führen, aber dann kämst du auf dem Meeresgrund raus.«

»Warum das, Tulukaraq?«

»Na, weil der Eisberg inzwischen rissig geworden wäre und sich gedreht hätte. Heute befindet sich das Loch am höchsten Punkt, aber dann wäre es unten und du auf dem Weg in die Tiefen des Meeres.«

»Aber was würde dann meiner *Aleq* passieren, Tulukaraq?«

»Hmmm … die würde sich garantiert irgendwo im Haar von Sedna verstecken und schließlich ein Meerestier werden, Uqsuralik.«

»Dann würde ich mich also vollkommen verwandeln, Tulukaraq?«

»Das kann ich dir nicht sagen, Uqsuralik. Du bist schon jetzt ein wundersames Wesen, auf halbem Wege zwischen Mann und Frau, zwischen Waisenkind und Jägerin, Bärin und Hermelin … Wer weiß, was du noch alles werden kannst?«

»Und du, Tulukaraq? Was wird aus dir, wenn du einmal stirbst?«

»Ich bin ein Rabe, Uqsuralik. Wenn mein Weg durch den Himmel führt, kehre ich als Mensch zurück. Wenn ich den Weg durch das Meer nehme, baue ich die ersten Inseln nach. Dann suche ich mir Grasbüschel und setze sie zusammen, richtig viele, und bereite daraus eine gastliche Erde für alle meine Nachkommen.«

»Und bis es so weit ist, Tulukaraq?«

»Bis es so weit ist, warne ich dich, Uqsuralik: Ein Eisberg ist eine Welt, die jeden Moment kippen kann. Auch im Winter, auch im Frühling – ganz egal, was die Leute sagen. Komm mit, wir sollten jetzt raus hier.«

Tulukaraq kommt zurück und paddelt zum Ausgang der Grotte. Seine Miene wirkt friedlich. War das wirklich er, der da gerade gesprochen hat?

20

Es ist jetzt Sommer. Die Sonne wandert in Ellipsen über den Himmel, ohne je den Horizont zu berühren. Lange währt diese Zeit nicht: Tulukaraq verbringt sie fast durchgehend im Kajak. Er fährt spazieren, er jagt Robben, aber er zieht nie mit seinem Vater, seinem Onkel oder seinem Cousin los. Seine Mutter und seine Tanten bearbeiten voller Fleiß und Stolz die Häute, die er mitbringt.

Ich begleite ihn oft. Um noch besser mit dem Kajak zu werden und ihm zu zeigen, was ich von meinem Vater über die Jagd gelernt habe. Manchmal bleiben wir mehrere Tage auf einer Insel, auf der häufig Robben sind. Die Frauenarbeit erledige immer ich – ich zerlege die Tiere, schneide das Fleisch in Stücke und schabe das Fett ab. Die meiste Zeit arbeiten wir schweigend, aber es kommt vor, dass Tulukaraq sanft lacht, wenn er mir zusieht. Er sagt, ich sei seine beste Freundin, würde aber auch eine gute Ehefrau abgeben. Ich lächele, erwidere aber nichts. Dann reißt er mir das Messer aus den Händen und trägt mich auf den Armen zum Ufer. Dort drückt er mich entweder fester an sich oder wirft mich ins Wasser. Wenn die Sonne an ihrem tiefsten Punkt steht und es kühler wird, legen wir uns zusammen in sein Zelt. Unsere Körper erhitzen sich wie die eines verheirateten Paars. Zurück im Lager erzählen wir niemandem von dem Ort, an dem wir waren, und auch nicht, was wir gerade füreinander werden. Tulukaraqs Vater isst in stillem Zorn das Fleisch, das wir mitbringen. Eines Tages berichtet Tulukaraqs Cousin, er habe im Norden die ersten Karibus gesehen. Der Alte beschließt, dass die Gruppe ihnen entgegengehen muss, den Fluss entlang bis zum See. Tulukaraq kündigt an, dass er dieses Jahr nicht weit ins Land hineinziehen werde. Sein Vater brummt, das sei in Ordnung: Man könne bei der Jagd auf Landtiere auf den großen Meeresjäger verzichten.

Am nächsten Vormittag ist die ganze Familie eifrig damit beschäftigt, die Zelte abzubrechen. Die Tante von Tulukaraq kommt zu mir: »Du hast einen Vater für deine Kinder gefunden, Uqsuralik. Das ist gut. Ich hoffe, wir sehen uns nächsten Winter wieder.«

Ein paar Stunden später sind sie alle verschwunden – vom Lager ist kaum noch etwas übrig. Uns bleiben gerade noch genügend alte Häute, um daraus ein Zelt zu bauen. Sämtliche Fleischreserven und Beeren sind weg, sogar die Vorräte, die ich für mich selbst angelegt hatte. Tulukaraq muss jagen gehen, und ich bleibe zurück, um das Lager wiederherzurichten.

Er wird erst gegen Mittag wieder das Ufer erreichen, das Kajak über der Schulter. Jetzt, wo die anderen aufgebrochen sind und wir beschlossen haben zu bleiben, sind wir endgültig Mann und Frau – ich freue mich darauf, ein neues Leben mit ihm zu beginnen.

LIED VON TULUKARAQ

Heute stieg ich in mein Kajak
Um Ringelrobben zu jagen

Heute stieg ich in mein Kajak
Voll Zuversicht – der Himmel war klar
Und groß meine Lust auf die Jagd

In der Bucht schwamm keine Robbe
So fuhr ich hinaus, da rief mich ein Walross

Es war riesig und prustete eine seltsame Melodie
Ich wusste, ich könnte es allein niemals bezwingen
Und folgte ihm trotzdem im Kajak beschwingt

Es schwamm zu einem Eisberg, der mir vertraut
Mit hohen blauen Wänden
Mit Hängen von schneehellem Weiß
Und verborgenen Flüssen, von denen niemand weiß

Es scheuerte sich am Fuß einer Steilwand
Gab mir mit seinem Schnurrbart einen Wink
Ich fuhr ganz nah ran, und es sah mich an
Die kleinen Augen knapp überm Wasser

War es ein Bulle oder eine Kuh?
Seine langen, dicken Stoßzähne bebten
Riefen mir: Bulle, Bulle! zu
Doch seine Augen, sein feuchter Blick
Und sein Bart, vom Kosen abgewetzt
Riefen zu mir: eine Kuh, eine Kuh
Und Mutter mehrerer Kälber

Das Walross schwamm zu einem dicken Wulst
Am Fuße der eisblauen Wand
Es schlug die kräftigen Stoßzähne hinein
Und zog sich daran aus dem Wasser

Ich rieb mir die Augen, traute ihnen kaum:
Das Walross hatte den Leib einer Frau
Und einen Zopf, schier endlos lang

Ich stieg aus dem Kajak
Und packte ihn mir
Doch er verwandelte sich in meinen Händen
In den Stoßzahn eines Narwals
Immer wieder schlug das Walross die Zähne ins Eis
Und stieg mit mir hinauf
Bis zum Wasser, dem strömenden Lauf
Der mich alsbald in die Tiefe riss

Einst war ich ein Junger Rabe auf Erden
Jetzt bin ich der Junge Rabe im Meer

Mein Vater hat recht:
Ich tauge zu nichts
Ich bin nicht für die Jagd gemacht
Der Sommer hat es ans Licht gebracht

21

Tulukaraq ist nie ins Lager zurückgekehrt.

Als ich unser Zelt wieder aufbaute, fand ich bei seinen Sachen ein *Tupilak* aus Walrosselfenbein. Ein langes Tier mit einem Frauenkörper und mächtigen Stoßzähnen. Anstelle von Füßen hatte es Flossen.

Sofort warf ich es weit weg in die Tundra. Mich beschlich eine schlimme Vorahnung. Ich wartete den ganzen Tag, dann ging ich hinunter zum Wasser. Stundenlang wartete ich auf Tulukaraq – er kam nicht zurück.

Am nächsten Tag wanderte ich von früh bis spät am Ufer entlang. Ich rief, ich brüllte, ich schwieg und lauschte auf irgendein Zeichen von ihm. Am nächsten Tag tat ich dasselbe noch einmal, aber der Fjord blieb menschenleer.

Schließlich ging ich allein zurück ins Lager und weinte. Ich schluchzte, ich schrie, ich raufte mir vor Trauer und Wut die Haare. Das Wasser in meinen Augen stieg immer höher, überschwemmte den Horizont und überzog ihn mit jenem flüssigen Nebel, in dem man erkennt, was einem ansonsten verborgen bleibt. Und in den seltsamen Formen, die vor meinen Augen Gestalt annahmen, sah ich etwas, das ich lieber nicht gesehen hätte: den Alten, wie er seinem Sohn eigenhändig die kleine Elfenbeinfigur unter die Felle bei seinem Kopf legt.

22

Ich muss weg von hier. Ich hatte einen Mann und eine Familie, jetzt stehe ich wieder vor dem Nichts. Ich suche die paar Sachen zusammen, die ich noch habe. Das Bärenfell, das mir mein Vater zugeworfen hat, ist zu schwer, und Tulukaraq ist mit unserem einzigen Gewehr losgezogen. Aber ohne Schlitten und ohne einen Partner kann ich sowieso kaum etwas mitnehmen.

Genau in dem Moment, in dem ich diesen verdammten Flecken Erde mit einem Armvoll Habseligkeiten verlassen will, lässt mich ein lautes Heulen zusammenzucken. Doch gleich darauf macht mein Herz einen Sprung. Dieses Heulen erkenne ich unter Tausenden: Es ist Ikasuk! Die anderen sind sicher losgezogen, um die Hunde für den Sommer auf eine Insel zu bringen, aber sie muss sich geweigert haben, ohne mich auf das große Boot zu steigen. Was bin ich froh, meine Hündin wiederzuhaben! Sie wird mir helfen, mein Gepäck zu tragen.

Ich wickele alles, was ich an Knochen, Sehnen, gekauten Häuten und Riemen finde, in mein altes Bärenfell und schnüre es auf Ikasuks Geschirr. Wir kehren dem Meer den Rücken und gehen tiefer in die Tundra hinein. In der Ferne, unter der sinkenden Sonne, bilden die Gletscher eine lange zartrosa Linie, über der ein paar tiefblaue Wolken hängen.

ZWEITER TEIL

HILA

23

Wieder einmal bin ich allein. Suche in der Tundra nach Beeren und kleinem Wild. Ich schlafe auf Moos, wenn es welches gibt, oder inmitten der Seidenhaarigen Weiden. Es ist warm – manchmal zu warm. Das ist nicht gut. Die Mücken piesacken mich, und ich habe Angst, dass sie mich krank machen könnten. Abends heult Ikasuk manchmal. Ich frage mich, ob hier nicht Geister ihr Unwesen treiben.

Heute Morgen habe ich jede Menge Blaubeeren gepflückt. Ich stecke sie mir händeweise in den Mund, bis meine Zähne davon quietschen. Eigentlich mag ich sie nur mit Robbenblut, aber ich traue mich nicht, zum Jagen zurück an die Küste zu gehen. Seit ich den *Tupilak* berührt habe, fürchte ich mich vor dem Meer.

Ich fürchte mich auch vor dem Jagen in der Tundra, denn mit sämtlichen Waffen, die ich besitze – meinem Speer, meinem Messer und meiner Harpune – habe ich noch vor Kurzem Seetiere getötet. Wenn ich damit ein Landtier berühre, erzürne ich seinen Geist. Lieber sterbe ich vor Hunger.

Außerdem habe ich wieder Bauchschmerzen. Wie seither jeden Mond, aber diesmal noch stärker als sonst. Es wird nicht lange dauern, bis ich mein Blut verliere. Ich vermute, dass die Tiere das wissen und dass ich nicht nach Norden sehen darf, denn dort ziehen bald die Karibus entlang.

Es ist doch ziemlich schwer, allein zu sein – ohne Vater,

ohne Mann, ohne Familie. Eigentlich gibt es keinen Grund, am Leben zu bleiben. Der Riese und die Witwe haben recht, ich brauche ein Kind – aber wo soll ich eins finden?

24

Seit ein paar Tagen kommt mir die Tundra ungewöhnlich verlassen vor. Je weiter ich hineingehe, desto weniger Lebewesen begegnen mir. Ich überquere Wasserläufe, sehe Spuren, frische Fußabdrücke und sogar Kot – aber so sehr ich auch den Horizont absuche, nirgends regt sich etwas. So als wären alle Tiere unsichtbar geworden. Sogar der Himmel wirkt leer, obwohl es dort Dutzende, nein Hunderte von Vögeln geben muss. Diese Stille bedrückt mich, während Ikasuk an meiner Seite winselt und knurrt. Bin ich vielleicht dabei, die Schwelle zur Welt der Geister zu übertreten?

25

Eines Nachmittags, als die Sonne gerade zu sinken beginnt, erkenne ich in der Ferne einen Stapel Steine. Nicht so einen, wie ihn Menschen bauen, um die Karibus zu leiten, nein, eine Ansammlung großer Steine, ein Geröllhaufen, der aussieht, als hätten ihn die Schritte eines Riesen zusammengeschoben.

Dieser Ort ruft irgendetwas in mir wach. Hier waren wir früher einmal, als ich noch ein Kind war. Mein Vater nannte es Tuniqtalik – der Ort der Kleinen Gestalten. Diese Geister mit ihrem schalkhaften Wesen sind manchmal eine große Hilfe und dann wieder richtige Giftzwerge. Mein Vater fürchtete sie. Wir legten ihnen etwas zu essen in die Nähe des Geröllhaufens, dann zogen wir weiter.

Damals wünschte ich mir nichts sehnlicher, als die Kleinen Gestalten zu sehen. Heute bin ich nicht mehr so kühn und verstecke mich während der Rast an diesem Ort lieber unter meinem Bärenfell. Ikasuk hat sich an mich gelehnt und spitzt die Ohren in sämtliche Richtungen.

Schließlich schläft die Hündin ein, und kurze Zeit später kitzelt und pfeift es in meinen Ohren. Hat der Wind etwa aufgefrischt? Ich versuche, den Kopf zu heben und nachzusehen, aber ich bin wie am Boden festgewachsen. Um mich herum bewegt sich kein Grashalm.

LIED DER KLEINEN GESTALTEN

Wer ist sie? Haben wir sie schon einmal gesehen?

Nein, sie kommt nicht von hier – sie findet den Sommer nicht schön.

Sie riecht so streng, sie stinkt regelrecht! Sollen wir sie verjagen?

Nein, behalten wir sie, wir langweilen uns doch.

Wir könnten uns ihren Hund schnappen …

Sie braucht Hilfe.

Aber sie ist zu fett! Was machen wir mit ihrem Fett?

Wir lassen es ihr. Sie wünscht sich ein Kind. Wir müssen für sie eins suchen.

Gib ihr doch deine. Die stinken wie sie!

Kommt, wir suchen ihr ein Ei! Ein Erdenei, das schön weit wegrollt von hier.

Ein Hundeei vielleicht? Sie mag doch Hunde.

Ein Menschenei.

Ein Ei mit Füßen drin, und Händen.

Genau, und Schwimmhäuten zwischen den Fingern.

Und einem Fischschwanz!

Schicken wir sie doch zum See – dem See, der die Form eines Magens hat.

Nein, sie muss zum Fluss, dort wo er einen Knick wie ein Ellbogen macht.

Nein, nein, nein! Solche Eier liegen in einem fauligen Zahn, oder in den Sümpfen.

Los, wir rollen sie, rollen sie direkt dorthin.

26

Als ich aufwache, liegen meine Füße im Wasser und mein Kopf auf den Kieseln.

Wo bin ich? Wo ist der Steinhaufen? Das Pfeifen in meinen Ohren ist verstummt, doch der Himmel ist gestreift von fliegenden Vögeln. Kleine und große Möwen, Eisvögel, Ammern – Vögel in Hülle und Fülle! Mein Herz macht vor Freude einen Sprung. Ihr Kreischen, ihr Tschilpen versetzt meine Trommelfelle in Schwingung, und dieses Kribbeln setzt sich durch meinen ganzen Körper bis in meine Zehen fort. Oder aber … tatsächlich! Meine nackten Füße hängen im Wasser des Sees, wo kleine Fische auf der Suche nach Nahrung im Schlamm wühlen. Ich setze mich auf und strampele mit den Beinen. Das Plätschern bringt mich zum Lachen – und ich lache und streiche über das Gras ringsherum.

Irgendetwas in der Tundra hat sich verändert – ich weiß nicht was. Das Leben ist zurückgekehrt, zeigt sich mir wieder. Ich bin nicht mehr allein. Die ganze Natur atmet denselben Atem wie ich.

Ich stehe auf und rufe meine Hündin. Keine Reaktion – ich beginne den See zu umrunden. Die Nachmittagssonne spiegelt sich auf dem Wasser, die kleinen Wellen glitzern wie Eiskristalle. Während ich langsam am Ufer entlanggehe, entdecke ich immer mal wieder einen Schwarm Jungfische. Haben die Seesaiblinge dieses Jahr etwa früher gelaicht? Ich bin mir nicht ganz sicher, ob das wirklich ihre Brut ist.

Bald komme ich zu einer Stelle, an der ein kleiner Fluss in den See mündet. Ich rufe noch einmal nach Ikasuk und gehe dann flussaufwärts, wie die Saiblinge. Das Wasser ist dort flacher als in der Nähe des Sees, und ich überquere den Fluss an einer Stelle voll rollender Kiesel. Mir ist, als hörte ich unter meinen Schritten das Lachen der Kleinen Gestalten. »Da entlang«, sagen sie, »da entlang!«

Ich gehe weiter bis zu der Stelle, wo der Fluss eine Schleife macht und einen Hügel umrundet. In einer Felsspalte dahinter sammelt sich Wasser, sodass sich ein kleiner Sumpf gebildet hat. Genau in dem Moment, als ich mich zum Ausruhen auf einen Stein setze, springt hinter dem Hügel Ikasuk hervor. Im Maul trägt sie mein Bärenfell, in dem sich alles befindet, was ich besitze: mein Speer, meine Harpune und mein Halbmondmesser. Außerdem ein Dutzend Eier. Vogeleier.

Bei ihrem Anblick packt mich der Heißhunger. Augenblicklich schlürfe ich sie alle aus, dann zerdrücke ich vor der Nase der bellenden Ikasuk genüsslich ihre Schalen. Anschließend verteile ich die klebrige, schuppige Masse auf meinem Gesicht. Ich weiß nicht, warum ich das tue. Die Tundra ist schön. Sie ist schön und sie singt.

27

Jetzt ist die Zeit, in der die Küken schlüpfen.

Ich habe mir ein Netz und einen Dreizack gebastelt, um Vögel zu fangen. Am liebsten mag ich Lummen; ihr Fleisch riecht so schön nach Fisch. Ich fange auch Seeschwalben, Enten, Seetaucher und Kormorane.

Neulich bin ich zurück an die Küste gegangen und habe zwei Robben gefangen. Die eine lagert jetzt unter einer Steinplatte, bis sie gut abgelegen ist, und in die Haut der anderen wickele ich Krabbentaucher, damit sie dort bis zum Frühjahr verrotten. Bis es so weit ist, lasse ich mir manchmal kleine Küken schmecken und lausche ihrem Gezwitscher in meiner Kehle.

Ich fische auch in den Seen und Flüssen. Am liebsten, wenn die Sonne allmählich sinkt. Mit meinem Dreizack habe ich schon mehrere Seesaiblinge gefangen, mit leuchtend roten Bäuchen.

Die Tundra ist voll von gelben, roten und violetten Blütenteppichen, die hier und da braun zu werden beginnen. Es gibt Beeren im Überfluss, und ich lege mir große Vorräte an. Wie köstlich es war, als ich sie vor Kurzem in warmes Robbenblut tauchen konnte! Das war mal was anderes als die Vögel mit ihrem zarten Fleisch und den zerbrechlichen Knochen.

Heute ist in der Ferne eine Karibuherde vorbeigezogen. Mir schien, als wären viele Kälber dabei gewesen – das ist ein gutes Zeichen. Und gestern habe ich am Flussufer Moschusochsen gesehen – fünf ausgewachsene Tiere und zwei Junge. Auch ich werde eines Tages ein Junges in den Pfoten halten. Das weiß ich. Ich glaube sogar, es ist schon da.

LIED DES SEETAUCHERS

Kluiee kluiee kuik klu-an!
Kluiee kluiee kuik klu-an!

Die Menschin war allein an der Küste
Die Menschin war allein in der Tundra
Allein am Seeufer und am Fluss
Sieh an, jetzt schlürft sie Eier voll Genuss

Kluiee kluiee kuik klu-an!
Kluiee kluiee kuik klu-an!

Die Menschin hatte einen Hund dabei
Irrte zwischen den Wasserläufen umher
Blind streifte sie durch unser Reich, wusste nichts davon
Setzte sich gar auf mein Nest, merkte nichts davon

Kluiee kluiee kuik klu-an!
Kluiee kluiee kuik klu-an!

Die Tunit haben die Menschin gebracht
Zur Kugel gerollt wie ein Kiesel
Sie stieß sich an einem versteinerten Ei
Und schlug dann im Schlaf mit den Flügeln

Kluiee kluiee kuik klu-an!
Kluiee kluiee kuik klu-an!

Die Menschin erwachte mit Kariburingen um die Augen
Befühlte ihre Seiten, den Bauch und den Hals
Sie sah in den Himmel und vergoss ein paar Tränen
Bedeckte mit schwarzer Erde ihr Gesicht

Kluiee kluiee kuik klu-an!

Kluiee kluiee kuik klu-an!

Die Menschin wird über den Herbst nicht bleiben
Auch sie wird zum Werfen weiterziehen
Die Menschin weiß nur noch nicht wo
Oder wann sie ihr Junges bekommt

Aber kluiee kluiee kuik klu-an
Der Seetaucher weiß das alles schon
Kluiee kluiee kuik klu-an –
Und auch, wann der Hunger wiederkommt!

28

Als ich heute Morgen am Fluss war, um Seesaiblinge zu fangen, fand ich inmitten der Flechten ein Karibugeweih. Außerdem entdeckte ich am Ufer den ersten Raureif. Ich kann nicht mehr einfach in meinem Bärenfell schlafen. Ich brauche einen Unterschlupf.

Ich nehme nicht den Weg über das ehemalige Lager. Die Steinplatte, unter der die Robbe liegt, ist weiter nördlich; dort mache ich zunächst einmal Rast. Ich verbringe ein paar Nächte in den Überresten eines alten Winterhauses. Entlang der gesamten Küste bildet sich dort, wo das Wasser im Schatten einer Steilküste steigt und sinkt, das erste Eis, das wieder bricht und schmilzt, um von Neuem zu entstehen und sich zu verfestigen – bis es zu Packeis wird. In diese Jahreszeit geht man nicht allein – ich muss mich einer Gruppe von Menschen anschließen.

Ich marschiere mehrere Tage Richtung Norden in der Hoffnung, Palliryuaq, die Große Bucht, zu erreichen. Dort versammeln sich zu Beginn des Winters oft die Jäger. Aber ich schaffe es nicht bis dorthin. Ich komme nur bis Kangiryuaktiaq, zur Fast-Großen-Bucht, die menschenleer zu sein scheint. Soll ich trotzdem dort warten oder noch weiter gehen? Der Sommer in der Tundra hat mich müde gemacht. Das Kind, das ich in mir vermute, wiegt kaum mehr als ein Vogelflügel, aber es zehrt an meinem Schlaf und meiner Energie.

Ich lege mich an den Strand und hoffe auf Hilfe. Wenn niemand kommt, muss ich ins Wasser gehen, bis es mich um dieses Leben erleichtert, das in mir wächst und dem Winter nicht standhalten wird.

29

Sie kamen in einem *Umiak* vom offenen Meer. Ich war noch nicht richtig wach und hielt ihn zuerst für einen Wal. Dann verwechselte ich, weil meine Augen vom Wind so tränten, den Bootshaken mit dem Stoßzahn eines Narwals und drohte mit dem Speer. Schließlich erkannte ich ihre Oberkörper, ihre winkenden Arme – und rannte ins Wasser, um ihnen beim Anlegen zu helfen.

Es waren fünfzehn Frauen und Kinder im *Umiak* und vier Jäger im Kajak. Einer von ihnen ist der Bruder meiner Mutter. Er steigt als Erster aus seinem Boot, begrüßt mich freudig und packt Ikasuks Nackenfell.

Sie haben den Sommer auf abgelegenen Inseln verbracht, und mein Onkel muss noch einmal aufbrechen, um die Hunde zu holen. Er vertraut mich seiner Frau an, die ich noch nie gesehen habe und die fröhlich für eine Nichte sorgt, die sie gar nicht kennt.

Mit Sack und Pack steigen sie aus und bringen alles, was sie haben, an Land: haufenweise Felle, Öllampen, Waffen, Werkzeuge und Treibholz. Und auch viele Gefäße – Töpfe, Eimer, Schüsseln und Teller. Wie es aussieht, war es ein guter Sommer; die Frauen tragen schöne und gut genähte Sachen, und die Kinder haben mehrere Spielsachen aus polierten Knochen.

Wir tragen alles bis oberhalb des steinigen Strandstreifens, auch den *Umiak*. Dann wird eine Stelle für das Lager ausgewählt, dieselbe wie drei Winter zuvor. Die Fleischdepots ringsherum sind gut gefüllt, so erfolgreich war die Jagd auf Robben und Walrosse in der vergangenen Saison. Der *Umiak* wird auf Holzgestelle gehoben, an denen man auch Kajaks und Trockenfisch befestigt.

Die Frauen und Kinder beginnen mit dem Bau des Winterhauses, das mindestens fünf oder sechs Monde halten muss, bis zur Geburt der Ringelrobben. Dank der Baumstämme, die diesen Sommer angeschwemmt wurden, wird es höher sein als das vorherige. Aus jeder Menge Steine und Erdklumpen errichten wir Mauern; zwei ganze Tage bringen wir damit zu. Am dritten Tag decken wir das Dach mit Torfplatten, und am Tag darauf legen wir noch Karibuhäute darüber und beschweren sie mit Steinen. Die Häute sind schon etwas hart, weil sie noch vom letzten Winter sind. Wir müssen sie sicher verstärken, falls es vor dem ersten Schnee noch regnet. Am Ende wird der Eingang in den Boden gegraben und mit einem Tunnel verlängert, den man abdichten kann, wenn es sehr kalt wird.

Innerhalb von ein paar Tagen haben wir für die ganze Gruppe einen Leib aus Erde geschaffen. Mein Onkel ist mit den Hunden zurückgekommen; er bittet seine Frau, mir auf ihrer Plattform ganz hinten Platz zu machen, weit weg vom Eingang. Alle haben gesehen, dass ich ein Kind erwarte und sein Vater nicht bei mir ist. Mein Onkel sagt lachend, ein und derselbe Geist habe in diesem Jahr die Robben und mein Baby zu ihrer Großfamilie geführt.

30

Die ersten Nächte in dem Torfhaus sind mild, und ich bin froh, wieder den rauchigen Schein einer Öllampe zu sehen und mich daran zu wärmen. Die Frau meines Onkels heißt Pukajaak – Pulverschnee. »Du hast Glück und wir auch«, sagt sie zu mir und zwirbelt dabei ein Stück Flechte zwischen den Fingern, um es anschließend in Robbentran zu tauchen. »Diesen Winter kommt bei uns nichts Kleines, und jetzt bringst du uns diesen warmen Hauch mitten in der Nacht.«

Ich nutze die Gelegenheit und frage sie nach der ausgelassenen Stimmung und dem Wohlstand der Gruppe. »Es gab letzten Winter reichlich Robben, und im Sommer haben wir jede Menge Fische gefangen«, sagt sie. »Die Kinder sind dick und die Erwachsenen lachen. Ich glaube, uns steht unser schönster Winter bevor.«

Es tut gut, von einer Familie so herzlich willkommen geheißen und umsorgt zu werden. Mein Bauch wird allmählich schwer, ich hätte unmöglich weiter Jagen oder Fischen können. Mein Onkel und meine Tante sind mir gegenüber sehr aufmerksam. Und ihre drei Söhne, noch keiner drei Sommer alt, tun so, als würden sie für mich jagen. Mein Strohlager ist übersät von Knochen und Holzstückchen, die alle möglichen Beutetiere darstellen sollen.

Gleich nachdem wir uns hier niedergelassen haben, hat Pukajaak eine Liste all dessen gemacht, was in meiner Gegenwart verboten ist. So sind ihren Söhnen zum Beispiel jegliche Spiele mit Schnüren untersagt. Nichts darf das Kind in meinem Bauch dazu ermuntern, mit der Nabelschnur zu spielen, sie sich um die Arme, den Bauch oder den Hals zu legen. Außerdem darf am Morgen niemand vor mir das Haus verlassen. Das wird später noch wichtiger, wenn die Ankunft des

Kindes naht und das Eis, das sich am Eingang ansammelt, den Tunnel noch enger macht.

Pukajaak stellt mir Fragen zum Beginn meiner Schwangerschaft. Obwohl es normalerweise umgekehrt ist, beharrt sie darauf, dass ich weiterhin keine Landtiere esse. Kein Walrossfleisch, das sei zu fett, und auch keine Fische, die größer sind als die, die in den Schlund eines Seetauchers passen. Ich darf auf gar keinen Fall die Hiebwaffen der Männer anrühren und nichts als mein eigenes Halbmondmesser benutzen.

Ansonsten kann ich meine Zeit verbringen, wie ich möchte. Niemand hier scheint irgendwelche Sorgen zu haben – die Männer jagen zum Vergnügen und um es den Kindern beizubringen, die Frauen reparieren und besticken die Wintersachen und manchmal sogar die fürs Frühjahr. Sie nehmen sich die Zeit für hübsche Ornamente und überbieten einander an Kühnheit bei der Zusammenstellung von Formen und Farben. Ich habe zwei Robbenfelle und drei Hermelinpelze bekommen, damit ich meinem zukünftigen Kind etwas zum Anziehen nähen kann. Ich kaue, gerbe und nähe – die Knoten machen die anderen für mich.

Am Abend schlafe ich allein in einer Ecke der Plattform. Das Kind bewegt sich unter meiner Bauchdecke wie eine Welle, und manchmal wie eine junge Eule, die davonflattern will. Ich frage mich, woher dieses kleine Wesen wohl kommt. Aus dem Meer, vom Himmel oder aus der Tundra?

31

Der erste Schnee fällt, aber die Kristalle schmelzen, bevor sie auch nur den Boden berühren. Das Gras und die feuchte Erde haben eine dunkle Färbung angenommen. Der Himmel ist grau. Am Horizont breiten sich schwarze Wolken aus wie Bartrobben am Strand, und seit zwei Tagen treibt Neqqajaaq sie wie ein zorniger Jäger über den Himmel. Mein Onkel betrachtet das tosende Meer und sagt: »Gut, dass wir die Kajaks aus dem Wasser geholt haben.« Ein Stück östlich von unserem Haus hat sich ein Fluss gebildet, der sich tosend ins Meer ergießt. Er reißt Kiesel, Grasballen und Erdklumpen mit sich. Pukajaak merkt an, dass wir vielleicht nicht genügend trockenes Moos und Flechten gelagert haben, um die Lampe anzuzünden.

Morgens bin ich die Erste, die die Nase nach draußen steckt – und danach stets dasselbe berichtet: Der Himmel wird immer dunkler, Neqqajaaq bläst immer stärker. Dann gehen die Männer nach draußen, um die Hunde zu füttern, und kommen pitschnass zurück, während die Frauen ein Ragout aus gereiftem Robbenfleisch zubereiten.

Eines Morgens komme ich nicht dazu, als Erste rauszugehen, weil von draußen lautes Gebrüll hereindringt. Mein Onkel zwängt sich hastig ins Freie, um zu sehen, wer sich auf diese Weise ankündigt. Gespannt lauschen wir. Wir hören keine Freudenschreie, nur Hundegebell. Kurz darauf ein Stimmengewirr im Tunnel. Der erste Besucher tritt ein, ein gebückter Mann unter einer Kapuze, und dann ein zweiter. Nach ihnen kommen noch zwei Frauen, ein junger Mann und zwei Kinder. Das kleine Mädchen ist die Erste, die mich erkennt. Sie wirft sich in meine Arme und ruft: »Uqsuralik!« Der gebückte Mann nimmt seine Kapuze ab und sieht mich aus kalten Augen an. Der Alte mit der durchbohrten Seite weiß, was er mir angetan hat. Und er weiß auch, dass er meinen Mann getötet hat, seinen eigenen Sohn. Ich frage das kleine Mädchen, wo seine Tante und seine beiden Cousinen sind. Es erzählt mir, die Karibujagd sei schlecht gelaufen, deshalb hätten sie die Witwe und ihre beiden Halbwaisen bei einer anderen Gruppe zurücklassen müssen. Als ich das höre, macht sich in mir Erleichterung breit – die Frau ist sicher froh, weit weg von ihrem Bruder zu sein.

Niemand hier wirkt über die Ankunft des Alten und seiner Familie erfreut, aber so wie Neqqajaaq draußen tobt, kommt es nicht infrage, sie wegzuschicken. Wir rücken auf der Plattform etwas zusammen und legen nach Osten hin eine neue Nische an. Dort lassen sich der Alte, sein Bruder und ihre Frauen nieder; die beiden Kinder kommen zu mir. Der große Sohn, Tulukaraqs Cousin, gesellt sich zu den anderen jungen Leuten im Haus, nahe dem Eingang. Der Kessel mit Robbenfleisch wird noch einmal aufgesetzt. Während das Essen warm wird, berichtet man sich von der vergangenen Saison. Ich bin die Einzige, die nichts erzählt, weder von meinem Frühjahr noch von meinem Winter. Pukajaak, die damit beschäftigt ist, Fett auf das Fleisch zu spucken, schweigt ebenfalls.

32

Neqqajaaq hat endlich aufgehört zu pusten. Der Himmel ist wieder klarer geworden, aber mit jedem neuen Morgengrauen gewinnt die Nacht an Boden. Feuchtigkeit und Kälte kriechen zwischen sämtliche Schichten aus Häuten – ich kann es kaum erwarten, bis der richtige Schnee fällt und die Steine und das kümmerliche Gras bedeckt.

Der Alte und seine Familie haben es offenbar nicht eilig, wieder aufzubrechen. Ich habe Angst, ihm eines Tages allein gegenüberzustehen. Jeden Abend suche ich mein Lager ab, um sicherzugehen, dass er nichts daruntergelegt hat, was mir oder meinem Kind Unglück bringt.

Neulich kam seine Frau zu mir. »Wo ist Tulukaraq?«, flüsterte sie.

»Am Morgen eurer Abreise mit seinem Kajak verschwunden.«

»Ist das Kind, das du in dir trägst, von ihm?«

»Das haben mir die Kleinen Gestalten geschenkt.«

Seitdem beobachtet sie mich immer aus dem Augenwinkel. Wahrscheinlich wüsste sie gern mehr, traut sich aber nicht, zu mir zu kommen und mit mir zu sprechen, wenn ihr Mann in der Nähe ist.

Pukajaak ist aufgefallen, wie nervös ich bin, seit sie da sind. Ich erzähle ihr von Tulukaraq, ohne seinen Namen auszusprechen, und so, als hätte er sich im Frühjahr in Luft aufgelöst. Sie und mein Onkel wissen, wie neidisch und boshaft der Alte sein kann. »Er hat sich mit den Jahren kein bisschen gebessert«, klagt mein Onkel. »Sein Bruder hat mir erzählt, wie die Karibus den ganzen Sommer über geflohen sind, sobald sie sich näherten. Dieser Mann versetzt Tiere in Angst und Schrecken, Uqsuralik. Es ist normal, dass du um dein Kind fürchtest.« Und Pukajaak fügt noch hinzu: »Wenn du sagst, er hat seinen eigenen Sohn mit einem bösen Fluch belegt, musst du dich umso mehr vor ihm in Acht nehmen.« Dabei habe ich bisher weder meinem Onkel noch Pukajaak erzählt, dass ich ihm bereits ein Messer in die Seite gestoßen habe und er deshalb immer noch auf Rache sinnt.

Als am Tag darauf alle ausgeflogen sind, kommt Pukajaak noch einmal zu mir. »Uqsuralik«, sagt sie, »ich habe etwas für dich. Während ich gestern Abend mit deinem Onkel gesprochen habe, fiel ihm auf, dass er um den Hals noch immer den Zahn eines Bären trug, den er zusammen mit deinem Vater erlegt hat. Er ist genau wie ich der Meinung, dass er dich gut vor dem Alten schützen wird.« Ich danke Pukajaak und stecke den Zahn in das Ledertäschchen auf meiner Brust, in dem ich, neben anderen Amuletten, schon den Bärenzahn trage, den mir mein Vater zugeworfen hat, als das Packeis brach. Ich denke, dass es sich mit etwas Glück um zwei Eckzähne ein- und desselben Eisbären handelt und ich mir den Alten so vom Leib halten und vielleicht sogar seinen Geist dazu bringen kann, ihn ins Reich von Sedna zu schicken.

33

Als ich an diesem Morgen die Augen aufschlage, nehme ich ein eigenartiges Licht wahr. Die Kinder sind schon wach und warten ungeduldig darauf, nach draußen zu dürfen. Auch sie ahnen, dass sich etwas verändert hat. Ich schlüpfe aus dem Haus, und sie folgen mir auf dem Fuß. Zusammen entdecken wir mit derselben Freude, demselben Staunen die unberührte Schneedecke. Ab jetzt bricht der Tag vom Boden her an. Unzählige Kristalle reflektieren das schwache Licht des Himmels, dass es nur so leuchtet. Der über Nacht gefallene Schnee ist so leicht, dass er zu atmen scheint wie ein riesiger Eisbär.

Während die Kinder lachend darin herumtollen, streife ich in Richtung Küste. Ich darf das Meer nicht ansehen, weil ich mit meinem Blick Beutetiere in die Flucht schlagen könnte, aber es spricht nichts dagegen, dass ich das Eis berühre. Das Packeis unter der dicken Neuschneedecke ist fest. Das Gluckern der Gezeiten ist kaum noch zu hören, nur ein Knirschen, Knacken und Zischen, wenn das Wasser tief unten arbeitet.

Ich bin versucht, noch weiter in die Ferne zu sehen, weil ich wissen will, bis wohin das Meer zugefroren ist. Im Moment ist ohnehin niemand ernsthaft auf der Jagd, weil wir alle noch von den Reserven der vergangenen Saison leben – es hätte also keine großen Folgen. Aber in dem Moment, in dem ich die Stirn heben und aufs offene Meer schauen will, fesselt der Flug eines Raben meinen Blick. Er krächzt so grimmig, dass ich verstehe: Er verbietet mir, den Blick auf irgendetwas anderes als ihn zu richten. Ich kehre also um, ohne das offene Meer gesehen oder nach den Eisbergen in der Ferne Ausschau gehalten zu haben.

Auf dem Weg zurück ins Lager lausche ich dem Knirschen meiner Schritte im Schnee. Mein Kind scheint in ihrem

Rhythmus zu tanzen, sich unter meiner Bauchdecke unablässig zu drehen. Pukajaak sagt, ein Ungeborenes, das sich viel bewegt, hat noch nicht genug Fett angesetzt und muss noch zwei oder drei Monde im Warmen bleiben. Unter meinen Füßen knarzt es, das Kind zappelt herum – wir müssen es noch eine ganze Jahreszeit miteinander aushalten, eines im anderen.

34

Als ich einen Umweg zurück nehme, treffe ich auf meinen Onkel, der gerade seinen Schlitten bereit macht. Ich traue mich nicht, ihn zu stören, aber im Haus angekommen, frage ich Pukajaak, warum er so beunruhigt aussieht. »Eins unserer Fleischverstecke wurde von Füchsen geplündert, und das andere haben Menschen geleert. Bald haben wir nichts mehr zu essen.«

Ich gehe wieder nach draußen, um das Tageslicht zum Arbeiten zu nutzen. Ich lasse mich unweit von meinem Onkel nieder, aber so, dass er mich nicht sieht. Kurz darauf knarzen schwere Schritte im Schnee. Der Alte nähert sich ihm, bleibt stehen und sieht ihm zu, ohne etwas zu tun. Mein Onkel überprüft gerade die Riemen seines Gespanns.

»Na, gönnst du deinen Hunden endlich mal Auslauf?«, fragt der Alte nach einer Weile. Mein Onkel antwortet nicht. Es folgt ein langes Schweigen. »Willst du deine vollen Fleischgruben etwa neu bestücken?«, stichelt der Alte weiter. Mein Onkel antwortet immer noch nicht. Der Alte wirkt ratlos. Er geht ein Stück weiter weg, dann kommt er zurück. »Kann ich mit dir mitkommen?«

Jetzt sieht mein Onkel hoch: »Warum gehst du nicht mit deinem Bruder und deinem Neffen jagen?« Der Alte wird wütend: »Du willst ja nur nicht mit uns teilen, weil du dich für was Besseres hältst! Und du hast dir eine schwangere Nichte aufgehalst, obwohl du gar nicht die Mittel dafür hast!« Mein Onkel lässt den Riemen fallen, den er in der Hand hatte, und geht zu dem umgedrehten *Umiak*, unter dem wir alles untergestellt haben, was nicht mehr ins Haus passte. Er zieht ein Paket hervor, das in einen alten Pelz gewickelt ist, nimmt einen Armvoll getrockneter Fische heraus und wirft sie dem Alten vor die Füße. »Und jetzt verschwinde«, sagt mein Onkel. Ohne irgendetwas aufzuheben, geht der Alte in Richtung Fluss.

Am Abend sind der Alte und seine Familie noch da. Mein Onkel sagt kein Wort. Sein Kiefer ist angespannt. Eine gekochte Seehundrippe wird herumgereicht, von der jeder einmal abbeißt. Als sie den Alten erreicht, lässt Pukajaak ihn aus und gibt sie seinem Bruder, der weiter weg sitzt. Der Alte will protestieren, doch Pukajaak sagt in nüchternem Ton: »Du trägst meines Wissens nicht den Namen von jemandem, mit dem zu teilen wir verpflichtet wären.« Pukajaaks Bruder reicht die Seehundrippe der Frau des Alten, die sie an ihre Schwägerin weitergibt. »Und die beiden?«, fragt der Alte und sieht meinen Onkel argwöhnisch an. »Tragen sie etwa den Namen deines Vaters oder deiner Mutter?« Ohne zu ihm aufzuschauen, antwortet mein Onkel: »Ihnen gebe ich zu essen, weil sie das Pech haben, mit einem Mann zusammenzuleben, der nicht jagen geht.« In die darauffolgende Stille ergänzt er: »Ab morgen sorgst du selbst für deine Familie – oder du gehst.« Danach spricht von den Erwachsenen niemand mehr ein Wort. Mit Ausnahme der alten Sauniq, Pukajaaks Mutter, die die Kinder um sich schart, um ihnen die Geschichte von dem blinden Jungen zu erzählen, dem seine eigene Großmutter Fleisch stehlen wollte.

35

Am nächsten Morgen erledigt mein Onkel die letzten Handgriffe an seinem Schlitten und ist schließlich bereit für die Jagd. Pukajaaks Bruder schließt sich ihm an, außerdem zwei Jäger aus dem benachbarten Lager. Die vier arbeiten zusammen. Weil der Alte und seine Familie das Lager bei ihrem Aufbruch noch immer nicht verlassen haben, weist mein Onkel seine Frau an, mit uns nachzukommen; sie würden uns am Ausgang des Fjords erwarten. Wir machen also den anderen Schlitten bereit und beladen ihn mit allem, was man für ein paar Nächte auf dem Packeis braucht. Mein Onkel und seine Gefährten haben bei der Abfahrt aus dem Lager eine saubere Spur hinterlassen, der wir problemlos folgen können. Ich sitze hinten auf dem Schlitten, die Lampe zwischen den Knien. Mein Blick und mein Bauch bleiben auf den Boden gerichtet, damit ich nicht die Tiere verschrecke.

Da, wo der Fjord ins offene Meer übergeht, wird das Eis uneben. Vorsichtig manövriert Pukajaak unseren Schlitten. Weder soll er an einem Presseisrücken zerschellen noch soll sich wegen der Erschütterungen mein Bauch verhärten. Endlich sehen wir in der Ferne die Männer, die reglos an den Atemlöchern der Robben stehen und warten. Pukajaak weiß, dass wir ihnen nicht zu nahe kommen dürfen, und lässt das Gespann anhalten. Während wir auf sie warten, richten wir ein einfaches Lager her.

Am Abend kommen mein Onkel, Pukajaaks Bruder und die beiden anderen zu uns. Sie haben keine einzige Robbe gefangen. Mein Onkel zaudert, uns wieder an die Küste umziehen zu lassen, damit ich weiter von ihrem Jagdgebiet entfernt bin. Pukajaaks Mutter Sauniq, eine Schamanin, beruhigt ihn: »Wenn deine Nichte den Blick nicht direkt auf ihr

Aglu richtet, werden die Robben nicht fliehen. Ihr habt heute einfach kein Glück gehabt.«

Ein großes Iglu aus Schnee wird gebaut, und wir nehmen unsere erste Mahlzeit auf dem Eis zu uns: etwas heißen Tee, ein paar Bröckchen Fleisch und Fett. Im Iglu ist es sehr kalt, und wir versuchen schnell zu schlafen, eng aneinandergeschmiegt in der Mitte der Plattform.

Am nächsten Morgen ziehen die Männer wieder los zur Jagd und machen sich auf die Suche nach neuen Atemlöchern, zu denen mehr Robben kommen. Doch ein Loch nach dem anderen friert zu. Den ganzen Tag steckt keine einzige Robbe die Nase heraus, und am Abend kehren die Jäger schweigend zurück. Bis auf das Heulen der Hunde draußen herrscht an jenem Abend vollkommene Stille in unserem Iglu.

Trotzdem finde ich in dieser Nacht kaum Schlaf: Auch dem Baby ist offenbar kalt und es hat Angst, dass sein Wasser gefriert, denn es zappelt wie ein Seesaibling, der in einem Schlauch gefangen ist. Von fern dringt Geplätscher an mein Ohr. Kommt es aus meinem Bauch oder vom Meer unter dem Eis?

Am dritten Tag läuft die Jagd nicht besser. Keine einzige Robbe, kein anderer Meeressäuger. Nur einen Bären hat mein Onkel in der Ferne umherziehen gesehen – das ist kein gutes Zeichen. Weil sie es müde sind, im Lager zu warten, haben sich die Familien der beiden Jäger, die meinen Onkel und Pukajaaks Bruder begleiten, zu uns gesellt. Wir müssen etwas zu essen finden.

Am nächsten Tag ziehen die Männer mit zwei Gespannen los, für den Fall, dass sich der Bär noch einmal zeigt – dann könnten sie die Hunde auf ihn hetzen. Aber der Bär ist verschwunden, und die Harpunenspitzen bohren sich wieder nicht in Fleisch.

Als die Männer am Abend zurückkommen, passiert etwas Verhängnisvolles. In dem Moment, in dem mein Onkel die ausgehungerten Hunde abspannt, stürzen sie sich auf mich, weil ich ein Stück Leder in den Händen halte. Es gibt ein Gerangel, und ihre Riemen verheddern sich. Während ich ihnen zu entkommen versuche, verfange ich mich mit einem Bein darin. Ich werde mehrere Meter übers Eis geschleift, bevor es meinem Onkel gelingt, die Hunde unter Kontrolle zu bringen. Pukajaak hilft mir hoch und bringt mich ins Iglu. Draußen höre ich die Männer diskutieren, dann kommt mein Onkel mit ernstem Gesicht herein. Er sagt zu seiner Frau: »Pack ihre Sachen zusammen, ich bringe sie zurück an Land.« Pukajaak kommt seiner Aufforderung nach und packt auch ihre eigenen Sachen. Sie wird bei mir an der Küste bleiben.

Bis zum alten Lager ist es weit, und mein Onkel setzt uns stattdessen östlich des Fjords ab. Bevor er wieder aufbricht, baut er eilig einen Unterschlupf und verspricht uns, am nächsten Tag mit Fleisch zurückzukommen. Pukajaak ist besorgt und bittet mich, ruhig liegen zu bleiben und nichts zu tun. Angesichts der heutigen Ereignisse, der verhedderten Leinen um meine Füße kommt es vor allem darauf an, dass das Kind jetzt nicht auf die Welt kommen will: Ganz sicher hätte es die Nabelschnur um den Hals gewickelt. In dieser Nacht bewegt sich das Baby nicht – es wirkt wie eingefroren in seiner holzharten Schale. Ich habe Bauchschmerzen.

36

Die Tage vergehen, und das Ungeborene in mir ist wieder lebendiger. Mein Onkel ist mit ein paar Häuten zurückgekommen, aus denen wir ein kleines Winterhaus bauen können, aber zu essen hat er nichts mitgebracht. Die Jagd ist noch immer erfolglos. Der Bär, der umherstreift, ist ziemlich mager dafür, dass der Winter gerade erst begonnen hat, das bereitet den Männern Sorge. Die alte Sauniq ist jetzt auch bei uns. Ich habe gehört, wie sie ihrer Tochter erzählt hat, dass die Männer und Kinder draußen auf dem Packeis begonnen haben, kleine Stückchen von alten Häuten abzubeißen – der Hunger wird immer ärger.

»Trotzdem eigenartig nach einer so guten Saison«, murmelt Pukajaak. Ihre Mutter, die ihre Gedanken errät, sagt leise: »Aber das hat nichts mit Uqsuraliks Zustand zu tun. Wir haben ja keins der Tabus gebrochen.«

Immer öfter erstarrt das Ungeborene in meinem Bauch wie in einem zu kleinen Iglu. Aber Sauniq, die in solchen Dingen erfahren ist, sagt, dass der Tunnel noch zu hoch liegt und zu eng ist, als dass sich ein Baby dort hineinbegeben würde.

Wir haben unsere letzten Vorräte aufgebraucht; es ist gerade noch genug Fett für die Lampe da. Unter normalen Umständen hätten wir es gegessen, aber Sauniq meint, wir brauchen es noch, um das Iglu zu heizen, wenn das Kind dann kommt. Wenn wir etwas essen wollen, bleibt uns nichts anderes übrig, als in der kurzen Zeit, in der die Sonne das Eis streift, unter dem Packeis Muscheln zu sammeln.

Pukajaak wollte mit Sauniq allein gehen, aber die glaubt, Bewegung wird mir guttun. Der Fußmarsch könne den Übergang von einer Welt in die andere nur erleichtern. Pukajaak besteht darauf, mir ihre Stiefel zu leihen, die weniger zerschlissen sind als meine.

Vorsichtig gehen wir bis zum Watt. Bei Ebbe bilden sich hier Höhlen im Eis. Pukajaak wählt die aus, die am besten zugänglich wirkt. Mit einem Pickel hackt sie eine Öffnung, durch die ich hindurchpasse, ohne mich allzu sehr zu bücken. Sie schlägt auch alle spitzen Eiskristalle weg, damit sie dem Kind keine Angst machen. Ich setze mich auf den Po und lasse mich in das bläuliche Gewölbe rutschen.

Es ist das erste Mal, dass ich zu Fuß unter dem Packeis fische. Die alte Sauniq hat das mit ihrer Familie oft gemacht, als sie noch klein war, aber es ist sehr gefährlich und man sollte es nur im Notfall tun. Das Risiko, unter der Eisdecke eingeklemmt zu werden, ist hoch. Sobald man das Wasser zurückkommen hört, muss man sofort wieder raus.

Aber im Moment ist das Meer weit weg, und das Eis hält den Atem an. Man hört nur das leise Knacken von Herzmuscheln, Miesmuscheln und Venusmuscheln, die sich öffnen und schließen hier in diesem unterirdischen Reich oder Meeresreich – schwer zu sagen. Bevor Pukajaak etwas weiter entfernt auf Krebsfang geht, zeigt sie mir, wie man die Muscheln von den Felsen pflückt. Man darf nur lebende nehmen. Ich setze mich neben einen Muschelteppich und versuche es, mit Erfolg. Ein paar Dutzend knacke ich sofort auf und esse sie.

Ich sehe in das Licht, das durchs Eis dringt, und frage mich, ob das Ungeborene den hellen Tag um uns herum wahrnimmt. Ich werde ein Winterbaby zur Welt bringen. Ich hoffe, es nicht wegen der Hungersnot direkt wieder unterm Schnee begraben zu müssen.

37

Schließlich kam das Wasser. Ich bin auf allen vieren, grabe die Finger in mein Bärenfell und klammere mich daran fest. Es ist jetzt mehrere Stunden her, dass ich mit Pukajaak und ihrer Mutter aus der Eishöhle gestiegen bin. Während sich mein Bauch in regelmäßigen Wellen zusammenzieht, denke ich an das Wasser, das jetzt dort unten unter dem Eis vor- und zurückströmt.

Während ich auf meine verkrampften Finger starre, höre ich, wie sich am Zelteingang viele Menschen versammeln. Die Frauen, die Kinder und sogar die Jäger, die auf dem Packeis waren, alle sind sie gekommen. Irgendjemand hat den Rest Fett aus dem Lager mitgebracht, für die Lampe – damit das Kind nicht im Dunkeln zur Welt kommt. Sie warten alle in dem kleinen Iglu neben unserem Lager. Pukajaak hat meinen Onkel gebeten, ein paar Mal um unsere Unterkunft herumzugehen und dabei der Bahn der Sonne zu folgen. Falls das Baby in mir in einer schlechten Position ist, wird ihm das helfen, sich richtig herumzudrehen.

Ich lehne jetzt gegenüber der alten Sauniq an der Wand. Pukajaak reicht mir die Hände, und ich nehme und drücke sie, drücke sie so fest, dass ich ihr beinahe die Finger breche. Aus meiner Kehle dringen Walrossschreie. Pukajaak steckt mir einen Knochen zwischen die Zähne, damit ich daraufbeiße.

Sauniq ruft das Baby mit Kosenamen, die ich nicht verstehe. Vor der flackernden Lampe sehe ich nur ihr Gesicht. Ihr großer Schatten an der Zeltwand erinnert mich an den Riesen, der zu mir gesprochen hat, auf der Insel, die ich mit meiner Hündin entdeckt habe. Mir scheint, als würde Ikasuk draußen mit ihrem Heulen auf meine Schreie antworten.

Sauniq hebt jetzt zu einem Lied an, das klingt wie die Brandung. Zwischen zwei Schmerzwellen sehe ich plötzlich

Tulukaraq vor mir, wie er behände in sein Kajak ein- und aussteigt. Das Kind ist von ihm, und dieses Bild öffnet mir schließlich den Bauch. Ich spüre den Kopf zwischen meinen Beinen hervorgleiten wie ein Robbenmaul aus dem Eis.

Sauniq empfängt das Neugeborene in ihren Händen. Mit der Handfläche hält sie sein Geschlecht fest, damit es sich nicht ändert, und wickelt das Kind in mehrere Felle ein. Das Baby stößt seinen ersten Schrei aus. Von der anderen Seite des Zeltes kommt als Antwort fröhliches Gelächter. Entzückt sehe ich zum ersten Mal in das Gesicht meines Kindes. Aus zwei Schlitzen, gerade erst geöffnet, sehen mich seine verdutzten Äuglein an. Ich schiebe eine Hand unter die Robben- und Eiderentenfelle und taste zwischen seinen Beinen: Ich habe ein kleines Mädchen bekommen.

Pukajaak bedeutet mir, mich zu setzen, während ihre Mutter die Nabelschnur mit einer Karibusehne abbindet und dann mit ihrem *Ulu* durchtrennt. Danach nimmt sie mir das Kind wieder ab. Sie hält seinen Ringfinger und flüstert ihm mehrere Namen ins Ohr. Ich probiere es mit dem von Tulukaraq, aber das Baby zeigt keine Reaktion. Ich glaube, auch die meines Vaters, meiner Mutter, meiner großen Schwester und meines kleinen Bruders zu hören … aber das kann doch nicht sein, das *darf* nicht sein. Plötzlich wird mir eisig kalt und ich zittere am ganzen Leib. Pukajaak reibt mir die Arme und den Rücken und redet mir gut zu, während mein Geist zur Mündung des Fjords zu gelangen versucht. Ich glaube, es dauert ziemlich lange. Endlich kehre ich zurück ins Zelt. Sauniq gibt mir das Baby und sagt: »Deine Tochter heißt Hila. Das ist der Name des Kosmos … und der meiner Mutter!« Sie strahlt wie ein kleines Kind. Dann schiebt sie mir das Baby unter die Jacke und hilft ihm, seine Nahrungsquelle zu finden. Das saugende kleine Mäulchen, das an meiner Brustspitze zieht, zieht auch mich in einen tiefen Schlaf – tief und fest wie die Erde.

LIED VON SAUNIQ AN IHRE KLEINE MUTTER

Mmm mmm, arnaliara
Kleine Frau, gerade erst gemacht
Kleines Wesen, das ich ans Licht gebracht
Ich wusste gleich, dass du es bist

Mmm mmm, arnaliara
Unterm Packeis
Als das Wasser zu steigen begann
Als die Muscheln zu pfeifen fingen an
Da erkannt ich deinen Atem, erkannte ich dein Lied
Das ganz besondre Zungenklackern
Das ich so geliebt

Mmm mmm, arnalia
Kleine Mutter, meine liebe kleine Mutter
Wie freue ich mich, dich wiederzusehen!

Mmm mmm, arnalia
Wir werden mein Leben gemeinsam beenden
Ich füttere dich mit Krebsen

Mmm mmm, arnalia
Keine Hungersnot wird uns je trennen
Und müsstest du noch heute sterben
So würd ich glücklich mit dir gehen

Mmm mmm, arnalia
Glücklich stürb ich neben dir
Mmm mmm, arnalia
Mein Mütterchen, du liebe Mutter mein
Das schönste Kind, das je gemacht – das wirst du für mich immer sein.

38

Als ich aufwache, liegt Hila nicht mehr auf meiner Brust. Sie liegt im Arm von Sauniq, die ihr etwas vorsingt.

Mein Körper und mein Herz sind schwer, mein Becken kalt. Pukajaak sitzt noch immer neben mir. Sie hat im Steintopf Schnee geschmolzen und versucht, mir heißes Wasser einzuflößen, in dem sie Wurzeln aufgekocht hat.

Plötzlich kommt mir, ohne dass ich sie wirklich zu formulieren versuche, die Frage über die Lippen: »Warum hat man meiner Tochter den Namen meines Vaters, meiner Mutter und dann noch den meiner Schwester und den meines Bruders genannt?« Wortlos sieht Pukajaak zu mir hoch. Sauniq singt weiter.

Nachdem ich getrunken habe, was sie mir hinhielt, sagt Pukajaak: »Letzten Winter hat dein Onkel im Eis die Überreste eines Schlittens gefunden. Es war noch ein Paket darauf, in dem sich unter anderem ein *Ulu* befand. Er ist sich so gut wie sicher, dass es das Messer deiner Mutter war.« Nach dieser Nachricht bin ich wie versteinert. Pukajaak spürt das: »Es tut mir leid, Uqsuralik.«

Bis zu diesem Moment hatte ich sämtliche Überlegungen, ob meine Familie den Riss im Packeis überlebt haben konnte oder nicht, sorgsam vermieden. Jetzt quälen mich die Gedanken. Hat das Eis sie lebendig verschlungen? Haben sie zuvor auf einer treibenden Scholle Hunger gelitten? Wurde einer von ihnen vom Eis zerquetscht? Oder hatten sie das Glück, alle zusammen in einer Eisspalte zu verschwinden?

An den Tagen darauf stelle ich keine Fragen mehr. Aber jedes Mal, wenn ich Hila schweigend die Brust gebe, werde ich von schlimmen Bildern heimgesucht. Sauniq wiegt und herzt meine Tochter, sooft sie und ich es brauchen. Ihre

Anwesenheit beruhigt dieses schreiende Kind, das gerade erst geboren wurde und niemals genug bekommt, weder Milch noch Wärme – warum wohl?

39

Hila ist jetzt fast einen halben Mond alt. Meine Nächte neben ihr werden ruhiger. Sie trinkt gut an meiner Brust und wächst. Ich ernähre mich weiterhin von Muscheln und Krebsen, die mir Sauniq und Pukajaak bringen.

Für die anderen wird der Hunger zum ständigen Begleiter. Die Jäger sind zur Hälfte aufs Packeis und zur Hälfte ins alte Lager zurückgekehrt. Auf dem Packeis haben sie zwei der Hunde gegessen; der eine hatte eine verletzte Pfote, der andere war von seinen ausgehungerten Artgenossen angefallen worden. Am Fjord kauen die Kinder alte Häute, um ihre Mägen zu täuschen. Von den Erwachsenen leiden manche unter Kopfschmerzen, andere träumen von Kannibalismus. Schön durchgegart soll Menschenfleisch sehr wohlschmeckend sein, heißt es. Ich weiß, dass einige unter uns nicht verstehen, warum wir Hila noch nicht erstickt haben.

Eines Morgens schließlich, in dem Moment, als am Horizont zum allerersten Mal in dieser Jahreszeit die Sonne zu sehen ist, erscheint in der Ferne eine Gruppe von vier Jägern. Sie kommen von der anderen Seite des Fjords und eilen auf einem Schlitten herbei. Sie rufen und winken. Pukajaak, ihre Mutter und ich sind aufgestanden und warten ungeduldig auf sie.

»Wir haben einen Bären erlegt!«, ruft schließlich der Bruder von Pukajaak. Mein Onkel ist auch dabei. Wir reiben uns kräftig die Hände an der Hose; von dem Fleisch bekommen wir ganz sicher auch etwas ab. Nach ihrer Ankunft binden sie den toten Bären los – es folgen rituelle Worte des Danks, dass er sich hat töten lassen. Er ist ziemlich mager. Es ist der Bär, der schon seit einiger Zeit umherstreift.

Weil der Bruder von Pukajaak ihn zuerst gesehen hat, stehen ihm der Kopf und das Fell zu. Dann teilen die Jäger die guten Beinstücke unter sich auf. Die anderen Familien bekommen jeweils ein paar Rippen. Für ein paar Tage sind wir vor dem Hunger gerettet, aber wir müssen mit unserem Lager umziehen. Dass der Bär so mager ist, beweist, dass alle anderen Tiere die Gegend bereits verlassen haben.

40

Wir haben uns wieder alle am Ende des Fjords versammelt. Wenige Tage alte Spuren zeigen, dass der Alte und seine Familie in Richtung Westen aufgebrochen sind. Diesmal hat er keinen *Tupilak* hinterlassen, aber ganz hinten im Haus, unter der Plattform, auf der ich geschlafen habe, liegen eine Kinderhose und ein Jäckchen aus Karibufell. Ich erkenne die Farbe und die Nähte einer Jacke wieder, die der Frau des Alten gehörte. Ich vermute, sie hat sie mir für meine Tochter dagelassen, und wickele sie in mein Gepäck.

Als der Moment des Aufbruchs naht, haben wir immer noch nicht entschieden, wohin es gehen soll. Einmal, als sie noch klein war, erzählt die alte Sauniq, hatten genau wie jetzt alle Robben den Fjord verlassen. Damals hatten sie ihn einmal umrunden und nach Norden wandern müssen, um andere Meeressäuger zu finden. Sie erinnert sich an einen Ort, der Klaue-des-Hundes genannt wurde, wegen einer Landzunge, die in Form von zwei Steilhängen aus dem Meer aufragte. Um dorthin zu gelangen, hatten sie und ihre Familie einen sehr langen Weg zurücklegen müssen.

»Mutter meiner Frau, weißt du vielleicht, wie wir dorthin finden?«, fragt mein Onkel.

»Ach, ich, nein!«, sagt sie und lacht. »Aber meine kleine Mutter, die ja jetzt wieder da ist, die erinnert sich bestimmt noch.« Sie meint Hila.

Und so kam es, dass wir die Hunde einspannten und aufbrachen in Richtung Norden. Wir hätten auch den direkten Weg übers Packeis nehmen können, aber mein Onkel fürchtete das unwegsame Eischaos an der Fjordmündung. Den Fjord zu umrunden war sicherer. Zwei Tage marschierten wir die verschneite Küste entlang, bis wir zur Landzunge gelangten, die man Lieblichen Felsen nennt. Dort sammelten die

Männer ein paar Steine, aus denen sich gut Figuren schnitzen lassen. Vielleicht hilft das, die Seetiere zu besänftigen. Am dritten Tag drangen wir weiter ins Landesinnere vor, bis zum Gletscher, in dessen Nähe Jene-die-den-Berg-erklimmen leben. Am vierten Tag überwanden wir ihn, fanden auf der anderen Seite aber nur ein verlassenes Lager vor. Ganz sicher sind auch unsere Nachbarn, die einen ebenso mageren Winter hatten wie wir, losgezogen nach Norden. Vielleicht treffen wir sie später. Bis es so weit ist, müssen wir weitergehen, einen weiteren Fjord und einen weiteren Gletscher überwinden. Der Weg übers Packeis würde uns mehrere Tage Fußmarsch entlang der Küste ersparen, wenn dort nicht dieses Eischaos wäre … und auch die mir unbekannte Stelle auf dem offenen Meer, an der mein Onkel im vergangenen Jahr den zertrümmerten Schlitten meiner Familie gefunden hat.

41

Am achten Tag hätten wir die Klaue-des-Hundes um ein Haar verpasst. Wir waren müde und folgten schweigend den Spuren der Hunde, um uns herum dichter Nebel. Da begann Hila in meinem *Amauti* plötzlich zu schreien. Ich versuchte, sie im Gehen zu stillen, doch sie hörte nicht auf. Also gab die alte Sauniq, die auf dem ersten Schlitten saß, meinem Onkel ein Zeichen anzuhalten. Endlich beruhigte sich Hila. Wir befanden uns knapp oberhalb der zu Eis erstarrten Küste; es war windstill, kein Geräusch war zu hören. Dort warteten wir ab, ob irgendetwas passieren würde. Als der Nebel sich nach einer Weile etwas lichtete, zeichnete sich in der Ferne etwas Dunkles ab. Ein Walross. So still, wie wir uns verhielten, konnten sich die Jäger mühelos anschleichen und es erlegen, und wir ließen uns nieder und verspeisten es noch am selben Abend an Ort und Stelle. Als der nächste Tag erwachte, hatte sich der Nebel verzogen, und Sauniq erkannte den Ort wieder, an dem ihre Familie damals überlebt hatte. Direkt hinter uns ragte die Klaue-des-Hundes auf.

Das Walross hatten wir zu einem großen Teil Hila zu verdanken, und wir hoben ihr einen der dicken, vorn abgerundeten Hauer auf. Das hübsche Elfenbein lag schwer auf ihrer kleinen Vogelbrust. Sauniq versah es mit einem breiteren Lederriemen und sagte: »Dieses Amulett verleiht dir Kraft, kleine Mutter.« Die anderen sahen jetzt ein, dass es gut gewesen war, dieses Baby nicht im Schnee zu ersticken.

42

Es ist jetzt der dritte Frühling, den wir an der Klaue-des-Hundes verbringen. Hila hat vergangenes Jahr ihre ersten Schritte gemacht und klettert fast gar nicht mehr in den *Amauti*. Sie geht von einem Haus zum anderen, lässt sich mit Koseworten und Leckereien verwöhnen. Niemand kann ihr widerstehen. Das Lager ist für sie wie eine große Familie.

Und damit hat sie auch beinahe recht, denn kurz nach unserer Ankunft in jenem denkwürdigen Hungerwinter, als ich mich noch nicht vollständig von der Geburt und den traurigen Nachrichten über meine Familie erholt hatte, schlug Sauniq vor, mich zu adoptieren. Jetzt habe ich eine Mutter, die zugleich die Tochter meiner Tochter ist, während ich ihre Großmutter bin: Wir drei bilden zusammen einen Lebenskreis, und auch die anderen fühlen sich uns durch ihre Blutsbande zu Sauniq auf natürliche Weise verbunden. Weil es in unserer Familie keinen Mann gibt, gehe ich wieder jagen. Wenn ich für ein paar Tage mit meinem Onkel unterwegs bin, kümmert sich Sauniq um Hila – und alles ist gut so, wie es ist.

DRITTER TEIL

DER LICHTMANN

43

Der Sommer ist da. Wir sind in der Tundra. Die Zelte stehen an einem Ort, den man Da-wo-der-Fluss-in-zwei-Armen-fließt nennt. Wir hoffen, dass die Karibus zu Beginn des Herbstes nicht weit von hier vorbeiziehen. Falls nicht, sagt mein Onkel, gehen wir sie weiter nördlich suchen, da Wo-ein-großer-See-liegt.

Während wir auf die erhabenen Landtiere warten, pflücken wir auf langen Spaziergängen Beeren. Hila stopft sich mit Heidelbeeren voll und hat jeden Tag ein blau verschmiertes Gesicht. Sauniq zeigt mir, wie man Wurzeln ausgräbt, die ich noch nicht kenne. Leicht abgeschabt, knacken sie beim Reinbeißen wie ein schönes Stück Knorpel. Viele davon legen wir in Robbenfett ein, als Vorrat für den Winter. In einem verschlossenen Lederschlauch werden sie fermentiert, bis sie wie Eisstückchen auf der Zunge zergehen. Allein beim Gedanken daran macht meine alte Mutter laut *hmmm!*, und Hila sieht sie mit gierigen Augen an.

Sauniq kümmert sich rührend um ihre kleine Mutter, ob ich gerade in der Nähe bin oder nicht. Obwohl sie eine schmerzgeplagte alte Frau ist, ist sie vor einiger Zeit losgezogen und hat ein dickes Bündel Krautweide gesammelt, um ihr daraus eine neue Schlafmatte zu flechten. Auf allen vieren im Zelt, die Taschen voller Steinchen, hat sie auch das Kiesbett unter ihrem Lager erneuert.

Wenn ich vom Fischen oder Beerensammeln komme, höre ich die beiden oft zusammen lachen. Sauniq singt in Hilas Sprache: »*Taka taka taka … meine kleine Mama … Taka taka taka … ich drück mein Näschen in dich rein … Taka taka taka … ich trag dich auf zwei Fingerlein!*« Das Spiel ist immer dasselbe: Sauniq piekt Hila die Finger in die Rippen, und Hila lacht wie ein Nest voll frisch geschlüpfter Gänse!

44

Gestern sind wir zu dritt losgegangen, um Seeschwalbeneier zu sammeln. Sauniq hat Hila gezeigt, wie man die Nester erkennt, die wie in den Boden gegrabene kleine Krater aussehen. Immer wieder sagte sie: »Erinnerst du dich, kleine Mutter? Weißt du noch, wie gut du darin warst? Mit deinen kleinen Fuchsaugen …« Mit großem Ernst sammelte Hila die Eier ein. Als ihr eins aus der Hand rutschte und auf einem Stein zerbrach, fing sie an zu weinen. Nicht weil der Inhalt im Sand versickerte, sondern weil sie glaubte, die kleinen gräulichen Kugeln mit den schwarzen Tupfen wären für ihre Großmutter etwas unheimlich Wertvolles. Sauniq tröstete sie, indem sie vor ihren Augen noch weitere Eier aufschlug und sie ihr zu essen gab. Hila fand ihr Lächeln wieder. Da wir an einem schönen Plätzchen waren, nutzten wir die Gelegenheit für eine kleine Rast und ließen uns einen Festschmaus aus rohen Eiern, Wurzeln und Beeren schmecken.

Während meine alte Mutter und ich später an einen Felsbrocken gelehnt ausruhten, lief Hila ein Stück weiter zu einem Arm des Flüsschens, um dort zu spielen. Sie zog Steine aus dem Wasser und warf sie wieder hinein, und das dumpfe Klackern, mit dem sie aufeinanderfielen, wiegte unsere Ohren. Plötzlich schrie sie: *»Ia-a! Ia-a!«* Sofort eilten wir zu ihr. In dem Becken, das sie unwissentlich gebaut hatte, war ein Seesaibling mit leuchtend rotem Bauch gefangen und versuchte, die Sperre zu durchbrechen, indem er sich dagegenstemmte. Sauniq jubelte: »Kleine Mutter! Kleine Mutter! Als du durch Uqsuralik geboren wurdest, hast du deine Fuchsaugen gegen die eines Bären eingetauscht!« Sie hatte also ihren ersten Fisch gefangen, und ich zögerte keinen Moment und schenkte ihn Sauniq, zum Dank, dass sie uns eine so gute Fischerin beschert hatte.

Dann machten wir uns auf den Rückweg zum Lager. Wir kamen nur langsam voran, denn Hila war müde. Ich musste sie sogar eine Weile im *Amauti* tragen. Die Steine, zwischen denen wir entlanggingen, waren von der Sonne aufgeheizt, es wehte ein leichter Wind. Obwohl die meisten Blumen um uns herum welkten, lag in der Luft noch ein süßer Duft.

Unsere Schatten auf dem niedrigen Gras waren in der Abendsonne unheimlich lang. Oben auf einem Hügel sahen wir drei Gestalten vor uns, die fast viermal so groß waren wie wir. Meine Tochter sah aus wie ein zu groß geratener Mensch, der mit zwei Riesen unterwegs war – das fand sie unheimlich lustig.

45

Der Herbst ist gekommen, und wir mussten bis hoch zum See gehen, um den Weg der Karibus zu kreuzen. Aber die Jagd war erfolgreich. An manchen Tagen waren die Herden dicht wie Moskitowolken! Die Männer in ihren Kajaks und wir Frauen am Ufer haben genügend Tiere erlegt, um damit gut über den Winter zu kommen. Aus den Fellen, die mir zustehen, kann Sauniq uns je eine Jacke und eine Hose nähen und auch unsere zerschlissenen Stiefel ausbessern. Meine kleine Mutter ist alt, aber tüchtig. Sobald wir wieder zurück an der Küste sind, wird sie mir helfen, mein Kajak neu zu bespannen. Sie sagt, ich verdiene ein gutes Boot, damit ich die besten Jäger unserer Gruppe begleiten kann. Pukajaak wiederum wartet darauf, dass ich ihr einen schönen Polarfuchspelz bringe, damit sie Hila einen kleinen Festanzug nähen kann.

So vieles ist gut, und trotzdem finde ich keinen Frieden. Der Herbst und das Schwinden der Sonne lassen mein Herz mit jedem Tag schwerer werden. An diesem Vormittag brechen wir das Lager ab, um zur Küste zurückzukehren. Beim Abbauen der Zelte habe ich jedes Mal dieselbe Angst: Werde ich dort einen *Tupilak* finden, der mein Leben oder das von Hila bedroht? Indem der Alte damals einen bösen Geist auf Tulukaraq angesetzt hat, hat er nicht nur seinen Sohn umgebracht, sondern auch mein Dasein vergiftet. Ich untersuche sämtliche Felle und hebe jeden Stein mehrmals hoch.

Sauniq sieht mir dabei zu. »Hat meine Tochter etwas verloren?« Ich sehe sie betrübt an. Man spricht zwar nicht über solche Sachen, aber sie weiß sicher, was mit dem Vater der kleinen Hila passiert ist. In mein Schweigen hinein sagt Sauniq schließlich: »Mach dir keine Sorgen. Wir werden deiner Tochter Federn in die Kleider nähen. Dank ihres Namens kennt sie die Richtung des Windes und den Lauf des Wetters. Wenn jemand ihr etwas anzutun versucht, kann sie fliehen wie ein Vogel, der sich von den Aufwinden nach oben tragen lässt.«

Auf dem Weg zur Küste bittet Sauniq meinen Onkel, einen Raben zu fangen, der uns seit einiger Zeit folgt, und ihn ihr lebend zu übergeben. Während wir die Gelegenheit für eine kleine Rast nutzen und etwas essen, bleibt meine alte Mutter ein wenig abseits bei einem Steinhaufen. Ich beobachte sie aus dem Augenwinkel. Sie singt dem Vogel eine Zauberformel vor, dann dreht sie ihm den Hals um. Sie legt ihn auf den Steinhaufen und springt geraume Zeit von einem Fuß auf den anderen. Schließlich reißt sie ihm die Flügel ab und rupft ihn. Nur einen Flügel lässt sie ganz und führt ihn mehrmals durch ihre Kette mit den Amuletten hindurch. Als wir weiterziehen, bleibt der Rabe liegen, nur den Flügel verstaut Sauniq sorgsam in ihrer Tasche.

Noch am selben Abend, während wir uns ein provisorisches Nachtlager einrichten, zieht Sauniq Hila den Mantel aus und näht den Rabenflügel außen daran – ein Stück unterhalb der Schulter. Die anderen Kinder im Lager rennen im Kreis um sie herum und krächzen. Sauniq mischt sich unter sie und krächzt mit. Es wirkt spielerisch, aber weil sie Hila gegenüber Respekt zeigt, wird auch der Spott der anderen zu einem Zeichen der Anerkennung. Ich sage nichts, aber mir ist zum Weinen zumute. Meine große Schwester Pukajaak, die die Szene mit mir zusammen beobachtet, tätschelt mir sanft den Arm. Es tut gut, eine Familie um sich herum zu haben.

LIED DES HIMMELSGEISTES

»Wie hässlich du bist in deinem endlosen Leib«
Sagten die hundeköpfigen Menschen einst

Lang ist es her, seit ich das Packeis berührt
Den Eisschild und die Tundra

Mein Reich ist der Äther, ich bin unendlich weit
Ich habe keine Knochen, die Gelenke fließen frei
Meine Glieder tanzen um den Rumpf
Ein Nabel ist nicht mein

Lang ist es her, seit ich das Packeis berührt
Den Eisschild und die Tundra

Die Menschen sind so anders jetzt
Die Nasen seltsam platt
Die Ohren an die Köpfe geklebt
Kein Fell mehr auf der Haut,
Die aussieht, als hätte man Leder gekaut

Doch ich erkenne ihren Geruch
Nach Moschus und auch, wie sie reden
Ihre klackernden Zungen, wie Kiesel am Strand

Lang ist es her, seit ich das Packeis berührt
Den Eisschild und die Tundra

Eine junge Frau ist dabei zu versteinern
Ich will sehen, ob ich sie aufhalten kann –
Und zurückkehren ins eisige Himmelsreich dann

46

Ich habe eine Familie, eine Tochter, die laufen kann, die spricht und lacht. Ich könnte zufrieden sein. Aber sobald ich allein bin, kehrt die Angst zurück, jedes Mal ein wenig stärker, und lässt mich nicht mehr los. Ich fürchte, dass mich böse Geister angreifen. Ich weiß, dass Hila durch Sauniqs Fürsorge vor ihnen geschützt ist – aber was ist mit mir, wer schützt mich? Jedes Mal, wenn ich mich in mein Kajak setze, um Robben zu jagen, fürchte ich, es könnte mich aufs offene Meer hinausziehen. Selbst wenn ich mit den anderen Jägern zusammen bin, habe ich Angst, sie zu verlieren und im Nebel zu verschwinden.

Als ich deshalb eines Tages zu dicht bei ihnen paddelte, fragte mich mein Onkel, was ich da tue. »Wenn du so weitermachst, vertreibst du uns noch die Robben – dann kann ich dich nicht mehr mitnehmen«, sagte er. Er hatte recht, aber ich fasste es als Drohung auf und versuchte, ihn mit meinem Paddel ins Wasser zu stoßen. Mein Onkel blieb ruhig und verteidigte sich, aber zurück an Land warnte er mich noch einmal.

Da verlor ich die Beherrschung. Ich schlug ihn, drosch mit Fäusten, Füßen und meinem Paddel auf ihn ein. Ich schrie: »Du bist doch ein guter Jäger, los, pack mich! Hörst du, pack mich und verschling mich!« Ich konnte einfach nicht aufhören, weder zu schreien noch ihn zu schlagen. Die anderen Jäger hielten mich schließlich fest und mussten mich mit Robbensehnen fesseln, um mich zurück ins Lager zu bringen.

Nach diesem Vorfall war ich vier Tage lang vollkommen niedergeschmettert. Sauniq kümmerte sich um mich. Als ich wieder sprechen konnte, sagte ich: »Du bist alt, Sauniq. Eines Tages lassen sie dich mit den Hunden auf einer Insel zurück.

Wenn auch ich sterbe, wenn mich die Geister besiegen, ist Hila ganz allein. Dann ist sie endgültig eine Waise. Und Waisen widerfährt nichts Gutes, selbst wenn Amulette sie schützen.«

Sauniq sagte nichts, aber am nächsten Tag gab sie Hila in die Obhut meiner Schwester Pukajaak und ging mit mir zum Fuße eines Bergs, den wir Der-auf-dem-eine-Linie-verläuft nennen. Der Eisschild, von dem er bedeckt ist, endet abrupt mit einer schwärzlichen Steilwand. Es heißt, ein Riese sei dort aus dem Meer gekommen und habe das Eis zertreten. Seitdem ist der Berg brüchig, ein sehr gefährlicher Ort.

Sauniq gab mir mein altes Bärenfell und sagte: »Ich lasse dich ein paar Tage hier. Deine Hütte darf nicht weiter als zwanzig Schritte von der Eiswand entfernt sein. Wenn es sehr windig ist, sollst du die Eisbrocken und Steine um dich herum aufschlagen hören.«

»Aber ich könnte sterben, Sauniq.«

»Sicher, mein Mädchen. Genau davon warst du recht überzeugt, als du deinen Onkel angeschrien hast, er solle dich packen und verschlingen. So etwas sagt man nur, wenn man einen sicher geglaubten Tod überlisten will. Nun also: Ich habe dich hierhergebracht, damit du das Schicksal herausforderst.«

Und damit ging Sauniq. Ich blieb allein unter der Eiswand zurück, nur mit meinem Bärenfell und ohne etwas zu essen. Sauniq wusste, was sie tat, und ich auch: Sie wollte Hila und die Gruppe vor meinem Wahnsinn bewahren und mich einer Prüfung der Geister unterziehen.

Ohne Schneemesser baue ich nur mit meinem *Ulu* eine Schicksalshütte aus Steinen. Die Löcher verschließe ich mit Splittern aus altem Eis. Meine Finger sind aufgeschürft, ich habe Steinchen unter den Nägeln. Am ersten Abend sauge ich mein Blut und betrachte dabei das Himmelsgewölbe.

47

Am nächsten Tag versuche ich, ein, zwei kleine Tiere aus ihrem Bau zu treiben, aber ohne Erfolg. Ein feiner weißer Schleier ist gefallen, ich sammle den Schnee in meiner Handfläche und trinke ihn in winzigen Schlucken.

Am dritten Tag denke ich sehr intensiv an Hila. An den kleinen Rabenflügel, der an ihr Jäckchen genäht ist, und an ihre Spiele am Fluss, inmitten der Steine im Wasser. Mir ist, als hörte ich sie ganz in der Nähe lachen.

Am vierten Tag beginne ich, das Leder meiner Stiefel zu kauen, das frischeste und damit essbarste, das ich trage. Mir ist so kalt, dass meine Beine schon ganz steif werden. Ich glaube, Hila rufen zu hören: *Anaanak!* Mama!

Aber es ist Sauniq, die gekommen ist, um nach mir zu sehen. Was ich für die Schreie eines Kindes hielt, sind ihre leichten Schritte auf dem Geröll. »Hattest du schon Besuch, mein Mädchen?«, fragt sie und kriecht zu mir herein. Ich bin außerstande zu antworten. Sie legt eine gekochte Seehundrippe vor mich hin und sieht mich schweigend an. Schließlich steht sie auf und wendet sich zum Gehen.

Kurz bevor sie meine Hütte verlässt, sagt sie noch: »Wenn sich der Geist zu erkennen gibt, den du suchst, Uqsuralik, singst du ihm Folgendes:

Die Toten, die gen Himmel steigen
Auf Stufen in den Himmel steigen
Stufen, alt und abgewetzt.
All die Toten, die gen Himmel steigen
Über ausgetretene Stufen
Abgewetzt von innen her
Ausgetreten, nur umgekehrt
Steigen in den Himmel.

Dieses Lied kommt von der Insel Ammassalik. Ich überlasse es dir für einen *Kamik.*«

Damit ging Sauniq und nahm einen meiner zerkauten Stiefel mit.

48

Ich blieb noch weitere vier Tage so sitzen – ohne das Robbenfleisch anzurühren. Meine Beine verweigerten mir selbst die kleinste Bewegung, und ich fühlte mich, als säße ich in einer Schale aus Stein. Irgendwann fiel ich in einen tiefen Schlaf.

Plötzlich streiften mich kleine Flügel. Ich hatte das Gefühl, ich würde gen Himmel gezogen, während sich mein Körper in Wirklichkeit in den Boden grub. Hinter mir begann die Eiswand zu grollen und ließ Felsbrocken auf meinen Verschlag herabregnen. Einer davon, größer als die anderen, schlug ihn schließlich entzwei. Mit einem Mal waren mein regloser Körper und mein Blick befreit. Die Nacht war vollkommen klar. Im Bersten hatte meine Hütte Hunderte von Eissplittern in die Luft katapultiert, die sich unter die Lichter des Sternenzelts mischten. Der ganze Himmel glitzerte und funkelte, vom Meer in der Ferne bis zum Rand der Eiswand.

Als sich sämtliche Eisstücke am Ende ihrer Bahn zu den Sternen gesellt hatten, fielen keine Steine mehr herab. In die Eiswand hatte sich eine Treppe geschlagen, auf der ein grünes Leuchten zu mir herabstieg. Hatte ich, ohne es zu merken, durch Sauniqs Beschwörungslied die Toten gerufen? Hatte sich einer meiner Vorfahren auf den Weg zu mir gemacht, um mich in eine höhere Welt mitzunehmen?

Das grüne Leuchten berührte den Boden und nahm die Gestalt eines Mannes an. Er war groß und trug einen weiten Umhang mit einer Kapuze, die sein Gesicht verbarg. Er kam auf mich zu, und als er bei den Trümmern meiner Hütte angelangte, begann er zu springen. Der Boden vibrierte derart, dass es mir vorkam, als würde er meine Beine in den Stein stampfen, sodass ich nie wieder herauskäme. Schließlich hörte er auf. Er packte mich unter den Armen und zog – er zog und zog, bis sich mein Oberkörper von den Beinen löste.

Mein Geschlecht steckte offen im Boden, meine Eingeweide schwebten in der Luft. Das Blut floss in Strömen. Der Mann schrie mich an, aber ich verstand nicht, was er sagte. Nach und nach verwandelte sich sein Gebrüll in Silben und schließlich in Wörter.

»Uqsuralik«, sagte er – er kannte meinen Namen. »Du hast deine gesamte Familie und den Vater deiner Tochter verloren. Ich selbst habe seit Jahrhunderten die Erde nicht mehr berührt. Wenn du es wünschst, werde ich dein Mann.«

Er zog seinen Umhang aus. Seine Gelenke waren flüssig, seine Glieder tanzten um seinen Rumpf, und er besaß keinen Rücken. Sein Geschlecht, mehrfach verzweigt, stand aufrecht wie ein Karibugeweih, und sein Bauch dahinter hatte keinen Nabel.

Ich hatte solche Angst zu sterben, dass ich schrie: »Ja, ja! Wenn du mir nur meine Beine zurückgibst.« Ich wollte meinen Körper wieder zusammenfügen und fliehen, so weit wie möglich weg von hier. Der Mann bedeckte mich daraufhin mit seinem Umhang, nahm mich in die Arme und zog mich fest an sich. Es tat nicht weh, seine Gelenke hatten keine Sehnen. Ich fühlte mich vielmehr wie unter Wasser, getragen vom Salz und den Algen.

Diese Umarmung dauerte mehrere Tage – tief am Horizont zeigte sich mehrmals die Sonne. Eines Morgens in der Dämmerung fand ich meinen Körper wieder, während die grüne Wolke, in deren Gestalt der Mann gekommen war, allmählich am Himmel verblasste.

49

Wieder saß ich in meiner Steinhütte oder vielmehr in ihren Trümmern. Obwohl ich meine Beine nicht spürte, konnte ich sie ein wenig bewegen. Das gekochte Robbenfleisch, das Sauniq mir hingelegt hatte, war noch da und lag unversehrt neben meinen abgelegten Kleidern. Vorsichtig zog ich mich wieder an, und während der gesamten Zeit, in der die Sonne den Horizont streifte, kaute ich winzige Häppchen Fleisch.

Als sie untertauchte und der Mond aufging, machte ich mich auf den Weg zu unserem Lager. Ich ging ganz langsam auf meinen wackligen Beinen. Mein Becken war noch ganz taub, aber mein Bauch warm und voller Freude.

Gegen Morgen kam ich an. Das große Winterhaus lehnte an einem Felsen. Als ich durch den Eingang schlüpfte, vor dem bisher nur ein Bärenfell hing, fiel mir ein, dass ich meins am Fuße der Eiswand gelassen hatte. »Aber es war sowieso alt und abgenutzt«, sagte ich mir. »Und wenn der Lichtmann noch einmal dort herabsteigt, wird es ihm mit Sicherheit mehr nützen als mir.«

Ich trat also ohne mich noch einmal umzudrehen ein, machte die Nische ausfindig, in der Sauniq und Hila schliefen, legte mich zu ihnen und wartete, bis das Haus erwachte.

50

Der Winter fängt gut an, im Fjord wimmelt es nur so von Ringelrobben. An manchen Tagen fahren die Männer im Kajak durch die noch offenen Rinnen zwischen den Schollen. In Ufernähe sieht man die ersten Atemlöcher im Eis.

Ich fahre nicht mehr mit ihnen mit, denn in dieser Saison kommen im Lager auf jede Familie mehrere Jäger. Der Alte ist zurück, mit seinem Bruder, ihren beiden Frauen und den Kindern. Jetzt jagt in ihrer Gruppe nicht mehr nur ein Junge, sondern zwei. Der Cousin von Tulukaraq, der an Kraft und Charakter gewonnen hat, ist der bessere von beiden. Er und sein Vater entscheiden gemeinsam, wann und in welche Richtung sie aufbrechen. Der Alte wirkt ausgegrenzt und redet kaum noch. Irgendetwas muss im Sommer passiert sein, aber man weiß nicht was. Diesmal waren sie rechtzeitig da und haben sich ein eigenes Haus gebaut, das die Frauen nur selten verlassen.

Wir wiederum teilen uns das Haus mit der älteren Schwester von Pukajaak. Sauniq ist überglücklich, ihre älteste Tochter wiederzuhaben, die sie seit Jahren nicht gesehen hat. Sie ist mit ihrem Mann und ihren beiden großen Kindern da, die schon im Heiratsalter sind – ein Junge und ein Mädchen. Sauniq muss sie ziemlich jung bekommen haben, denn die beiden unverheirateten Kinder sind älter als ich. Pukajaak erklärt mir, dass sie und ihr Bruder einen anderen Vater haben als ihre ältere Schwester.

Auf jeden Fall habe ich in diesem Winter nicht genug Finger und Zehen, um uns alle zu zählen! Wir sind mehr als ein kompletter Mensch. Bei so vielen Jägern mangelt es nie an Arbeit. Wir sind kaum genügend Frauen, um die Robben zu zerlegen, ihr Fleisch zu zerschneiden und zu kochen, und die Häute zu enthaaren, zu kauen und Kleidung daraus zu nähen.

Wir müssen auch die Fettlampen am Brennen halten, denn die große Kälte ist dieses Jahr recht früh gekommen – lange vor der Geburt der Ringelrobben. Das liegt an Pilarngaq, der Windfrau, die von den großen Eismassen ganz oben aus pustet. Nur die Männer verlassen noch das Haus, um zu jagen, aber lange können sie sich nicht im Freien aufhalten.

Im Moment ist das nicht so schlimm, denn wir haben genügend zu essen, aber wenn das noch lange so geht, müsste einer von uns, der an einem windstillen Tag geboren wurde, ein Wort mit Pilarngaq reden. Sauniq hat schon den einen oder anderen gebeten zu erzählen, wie das Wetter bei seiner Geburt gewesen sei. Das bringt Abwechslung in unsere Nachtwachen.

Unterdessen bin ich es nicht gewohnt, halbe Monde lang drinnen festzusitzen. Mir ist jeder Vorwand recht, um mich aus dem Gemeinschaftshaus zu mogeln. Ich habe die Vorräte an Beeren und Flechten unter dem umgedrehten *Umiak* angelegt, und ich lasse niemanden sonst daran. So oft wie nötig gehe ich los und hole eine kleine Handvoll Beeren.

Wenn es der Wind zulässt und der Schnee nicht in sämtliche Richtungen wirbelt, sodass ich mich verirre, laufe ich ein Stück in Richtung der Steilwand. Ich weiß, dass ich nicht allein dorthin zurückgehen kann, aber manchmal begegnet mir auf dem Weg im trüben Winterlicht der Mann mit der Kapuze. Dann nimmt er mich in die Arme wie an jenem Morgen, als er vom Himmel stieg, und ich spüre, wie er mit seinem Geschlecht aus Karibuhorn in jede meiner Adern eindringt – ein sehr angenehmes Gefühl. Voll neuer Energie kehre ich ins Haus zurück.

51

Als ich mich an diesem Morgen wieder einmal bereit machte, um nach draußen zu gehen, sagte Sauniq: »Meine Tochter kann fast nichts mehr erschrecken – wie schön.« Aber es lag ein ironischer Unterton in ihrer Stimme. Ich tat, als hätte ich nichts bemerkt, und zog mir die Stiefel an. Hila wollte mitkommen, aber ich schickte sie weg und kroch allein in den Tunnel nach draußen.

Draußen schien sich Pilarngaq beruhigt zu haben. Der Morgen dämmerte noch nicht, aber der Mond stand hoch und voll am Himmel, der Horizont zeichnete sich als klare Linie ab. Ohne nachzudenken, schlug ich den Weg zur Eiswand ein. Ich ging sehr lange. Das Blut brodelte in meinen Adern, in meinen Schläfen rauschte das Meer – ich suchte den Mann mit der Kapuze. Weil ich ihn nicht kommen sah, begann ich schließlich zu rennen.

Am Fuße des Eisschilds angelangt, fand ich ihn. Er hatte wieder seine Lichtgestalt angenommen – eine große grüne Wolke, die schillernd am Himmel schwebte. Ich suchte die Treppe aus dunklen Steinen und erklomm sie auf allen vieren, schnell wie ein Fuchs auf der Flucht. Auf einmal spürte ich seine Arme unter meinen. Der Mann mit der Kapuze hob mich in die Lüfte. Die Sterne umkreisten mich. Meine Glieder zog es in sämtliche Richtungen, und in meinem Bauch grollte es wie damals, als das Packeis brach. In meinem Kopf hallte das Krachen von Karibugeweihen, und eine satte Mitternachtssonne blendete mich. Für einen Augenblick sah ich sogar den Vulkan, der einst die Hundemenschen ins Meer gespien hatte – und dann nichts mehr.

Ich erwachte halb nackt auf meinem alten Bärenfell, inmitten der Trümmer meiner einstigen Hütte. Es war das zweite Mal, dass mich der Mann mit der Kapuze mit hinaufgetragen hat in sein grünes Dämmern. Beim dritten Mal, so viel ist sicher, werde ich sterben. Verwundet gehe ich zurück ins Lager – ganz langsam, Schritt für Schritt.

Als ich ankomme, tun alle, als hätten sie nichts bemerkt; niemand stellt irgendwelche Fragen. Wäre ich von einem Bären oder einem Wolf angegriffen worden, wären mir die anderen zu Hilfe gekommen. Aber jetzt fürchten sie, ich könnte mit einem Geist in Kontakt stehen, und bleiben lieber auf Abstand.

Nur Sauniq, die mich am nächsten Morgen mühsam meine Stiefel anziehen sieht, sagt zu mir, den Blick starr auf die Lampe gerichtet: »Es gibt hier bei uns tüchtige Männer, deren Arme stark genug sind, um ihre Geliebte zu tragen, und deren Herz sanft genug ist, um sie nicht zu zerstören …« Ihre Ironie ist der Sanftmut gewichen, dem klugen Rat einer alten Mutter.

52

Zwei Monde vergehen, ohne dass ich die geringste Lust verspüre, zur Eiswand zurückzukehren. Der Mann mit der Kapuze ist nur noch in meinen Träumen präsent. In einer kleinen Luftblase reist meine Seele zu ihm, aber meinen Körper rührt er nicht mehr an. Er ist eine gewaltige nächtliche Welle, die mich von einem Ende des Packeises zum anderen trägt. Immer wieder entführt er mich zu fernen Völkern. Dort wird die Nacht von Dutzenden Kuppeln erleuchtet, gleich einem Sternbild auf einem Eisarm. Das sieht schön aus.

Ich habe mich an diesen Traum gewöhnt und warte jedes Mal schon darauf, wenn ich mich schlafen lege. Eines Nachts jedoch sinkt die grüne Wolke während unseres Flugs herab, verblasst und setzt mich auf dem Eis ab. Die Lichtkuppeln um mich herum verschwinden eine nach der anderen. An meiner Seite ist jetzt nur noch ein kleiner Polarfuchs, der sich kurz darauf im Schnee eingräbt und mich in der Dunkelheit allein lässt.

Nach jener Nacht kommt der Mann mit der Kapuze nicht mehr – nicht als Leuchten und auch nicht als Traum. Die Tage vergehen, und meine Seele und mein Körper trauern. Sauniq, die mich inzwischen besser kennt als meine erste Mutter, fragt mich warum. Ich vertraue ihr meinen Traum an und auch, wie er endete.

Zum ersten Mal sagt sie nichts und bittet mich einfach nur, ganz genau auf etwaige Veränderungen zu achten. Mir fällt ein, dass ich schon lange nicht mehr geblutet habe. Ich erzähle es Sauniq, und sie antwortet: »Das passiert Frauen manchmal, wenn die Sonne hinterm Horizont versinkt.« Einen halben Mond später jedoch verliere ich viel Blut. Sauniq will seine Farbe und seine Konsistenz sehen.

Sie nimmt es aufmerksam in Augenschein und kommt zu dem Schluss, dass ein Hauch von Leben hindurchgegangen ist.

Wir warten, bis wir mit Hila allein sind, bis die Männer bei der Jagd und die anderen Frauen am Ufer sind. Ohne jemandem Bescheid zu geben, beginnen wir, das Haus leer zu räumen. Wir bringen unsere Sachen, aber auch die aller anderen Bewohner nach draußen: Trockengestelle, Lampen, Werkzeugtruhen, Spielsachen, Teller und Schüsseln. Auch die Felle, die Kleider und die Bottiche für Wasser und Urin tragen wir vor das Haus. Schließlich ist nichts mehr da – außer uns.

Sauniq bittet mich, mich mit ausgestreckten Beinen ganz vorn auf die Plattform zu setzen. Sie rezitiert eine Formel über Flüsse, die im Winter unterirdisch weiterfließen, und schließt mit folgendem Satz: »Was hinauswill, muss man fließen lassen.«

Als die anderen zurückkommen, bleiben sie mit ihren Sachen noch ein paar Stunden draußen. Sie haben verstanden, dass meine Seele auf Reisen gegangen war und um ein Haar nicht mehr zurückgekehrt wäre. Dann lässt Sauniq sie wieder herein, samt ihren Werkzeugen, Truhen, Lampen und Schüsseln. Gemeinsam essen wir rohes Robbenfleisch. Niemand sagt etwas, draußen heulen die Hunde; wir befinden uns tief im Herzen der Winternacht. Bevor die Ersten in den Schlaf sinken, sagt Sauniq: »Uqsuralik hatte einen Traum, in dem der Himmel ins Meer zurückgekehrt ist. Wir werden bald Besuch bekommen.«

LIED DES POLARFUCHSES

Ich bin eine Schneeflocke
Die vom Himmel fiel
Aufs Packeis, wo es noch unbekannt
Ein Hauch von Leben am tiefsten Punkt der Nacht
Ich bin ein Polarfuchs, der zerrann

Ich lebte kaum zwei Monde
Inmitten eines Laternenvolks
Sah Menschen, die wohnten unterm Eis
Eines alten Meers, von dem niemand mehr weiß

Ich bin der Sohn, den die Frau aus Stein gesucht
Das Kind der Bärin und des Mannes aus Licht
Und kennst du meinen Vater nicht
So ängstigt er dich, ergreifst du die Flucht
Keiner der Verstorbenen
Wollte mir seinen Namen geben

Ich komme zurück – zu andrer Zeit, in andrer Form
Im glatten, durchlässigen Bauch meiner Mutter
War ich ein Fünkchen, das kurz nur glomm

53

Die Sonnenwende liegt jetzt hinter uns. Noch knapp einen Mond, dann wird sich die Sonne wieder zeigen und der leuchtende Teil des Winters beginnt. Wir haben mehr als genug Fleisch und Fett, ganz sicher deshalb, weil Sauniq gut aufgepasst hat, dass auch wirklich nicht das kleinste Tabu gebrochen wurde. Wir wissen, dass Besuch kommen wird, und jetzt wird es Zeit für die Festvorbereitungen.

Der Mann der ältesten Tochter von Sauniq hat einen Bruder, dessen Lager dieses Jahr nur eine Tagesreise mit dem Schlitten von uns entfernt liegt. Mein Onkel glaubt, dass er unser Gast sein wird. Sauniq und ich wissen, dass noch andere Besucher von weiter weg kommen – und dass wir sie noch nicht kennen.

Während wir auf die Ankunft unserer Gäste warten, bauen die Männer eine neue Hütte, größer und höher. Die Frauen bereiten jede Menge Fleisch vor, damit für eine ganze Weile jeder essen kann, wann und was er möchte.

Abends, wenn die Kinder schlafen, sind die Erwachsenen auf ihren Plattformen weiter eifrig beschäftigt, jeder mehr oder weniger für sich. Die Frauen nähen hübsche weiche Kleidungsstücke, verziert mit bunten Perlen und abgesetzten Pelzsäumen, und die Männer basteln allerlei Zubehör für die Spiele und die Pantomime. Obwohl die Feierlichkeiten noch gar nicht begonnen haben, macht sich zwischen den Lehmmauern unseres Hauses schon eine heimliche Freude breit.

54

Endlich ist es so weit, und wir hören in der Ferne Hunde bellen. Die Männer gehen nach draußen und begrüßen die Neuankömmlinge. Sauniq lächelt, als sie den Bruder ihres Schwiegersohns wiedererkennt. Sie hat ihn zuletzt als kleinen Jungen gesehen, vor sehr, sehr langer Zeit. »Quppersimaan, du hast dich ja kein bisschen verändert!«, sagt sie lachend und drückt den älteren Mann an sich. »Was hast du mit dem Bogen aus Moschusochsenhorn gemacht, den ich dir geschenkt habe?«

»Den besitze ich noch, kleine Frau«, antwortet er, augenscheinlich ebenso gerührt wie sie.

Pukajaak erklärt mir, dass dieser Mann, nur ein klein wenig jünger als ihr Schwager, kurz nach dem Tod des ersten Mannes von Sauniq geboren wurde und seinen Namen trägt. Sie haben sich eine halbe Ewigkeit nicht gesehen! Sauniq hat im Leben nicht damit gerechnet, ihm eines Tages wieder zu begegnen.

Die Plätze im Haus werden daraufhin neu verteilt. Sauniq möchte bei ihrem jungen Ehemann und seiner Familie schlafen – der Mann hat eine Frau, einen erwachsenen Sohn, eine Schwiegertochter und zwei Enkelkinder. Wir nehmen sie alle mit in unsere Nische auf; die Kinder kommen schön weit nach hinten, während wir anderen, die jungen Erwachsenen, mit den Plätzen auf dem vorderen Rand der Plattform vorliebnehmen müssen, um nicht zu sagen darunter. Es herrscht eine ausgelassene Stimmung.

55

Das Haus für die Feierlichkeiten ist fertig, und wir versammeln uns darin zu einem ersten Festschmaus. Die Männer haben am Nachmittag mehrere Ringelrobben erlegt und sie vor die große Plattform gezogen, auf der wir jetzt sitzen. Jeder hat ein Stück bekommen. Das Messer in der Hand, schneiden wir uns dicht vor der Nase mundgerechte Bissen davon herunter. Das Haus ist von Schnalzen, Lachen und Schlürfen erfüllt. Die meisten von uns haben ein blutverschmiertes Gesicht, besonders die Kinder, die vor allem Augen und Lebern bekommen. Hila trägt das hübsche weiße Jäckchen, das Pukajaak ihr genäht hat. Sauniq hat unterhalb der Schulter noch den kleinen Rabenflügel angebracht, der sie von den anderen Kindern unterscheidet – meine Tochter wandert von Arm zu Arm wie ein besonders gutes Stück und bekommt überall kleine Leckerbissen, bereits für sie vorgekaut.

Nachdem alle gut gegessen haben, schieben die Männer die Reste des Fleischs beiseite und spannen Lederriemen an der Decke. Einer nach dem anderen führt daran Kraft- und Akrobatikkunststücke vor. Der Sohn von Sauniqs jungem Ehemann macht ganz erstaunliche Sachen. Er ist schlank und biegsam wie ein junger Fisch. Auf einige seiner Figuren folgt freudiges Raunen. Seine Frau lacht ebenfalls und drückt dabei die beiden Kinder fest an sich. In einer anderen Ecke werden Schnüre und ein *Iyaga* hervorgeholt. Es gilt, die Geschicklichkeit unter Beweis zu stellen.

Der Alte sitzt bei ihnen, zusammen mit seiner Familie. Sein Bruder hat sein Können an den Lederriemen gezeigt, und zum ersten Mal in diesem Winter wirkt die Miene ihrer beiden Frauen entspannt und fröhlich. Nachdem sie dem Alten einen fragenden Blick zugeworfen haben und er mit einem steifen Lächeln seine Erlaubnis gegeben hat, stehen sie auf und verlassen das Gemeinschaftshaus. Sie kommen mit je einem weichen Lederschlauch zurück, den sie in die Mitte legen und aufschlitzen: Er enthält eine klebrige Paste mit kleinen Knochen darin. Es sind Krabbentaucher, die seit dem letzten Herbst darin verrotten, fermentiert samt Eingeweiden und Gefieder. Alle kommen und tauchen der Reihe nach die Hände hinein. Manchen entlockt der süßliche Geschmack dieser knusprigen Mischung ein zufriedenes *u! uu!*, worüber die anderen lachen.

Nur der Alte bleibt auf Abstand. Ich beobachte ihn und finde, es liegt irgendetwas Merkwürdiges in seiner Ausstrahlung. Als wäre er nur noch ein Schatten seiner selbst. Das tut mir nicht leid, natürlich nicht, aber es freut mich auch nicht mehr. Ich frage mich, wo er ist und was er wohl ausheckt. Außer mir nimmt offenbar niemand Notiz von den beiden schwarzen Schlitzen, die einst seine Augen waren. Vielleicht weil er spürt, dass ich ihn förmlich anstarre, richtet er schließlich seinen leeren Blick auf mich. Ich fühle mich ertappt, aber ein freudiger Ruf vertreibt dieses Gefühl schnell wieder.

Es ist mein Onkel, der Tänze und Pantomime ankündigt. Er setzt als Erster seine Maske auf und greift sich ein Tambourin. Dann tritt er von einem Fuß auf den anderen und singt einen rätselhaften Refrain über einen Geist, der aus der Ferne kam, mit zwei Nasen und nur einer Hand. Auf Knien kommt er uns immer wieder taumelnd näher, mal spaßhaft und mal furchterregend. Ab und zu lässt er sich mit einem Schrei zu Boden fallen und richtet sich stöhnend wieder auf. Nach ihm stellt sich Pukajaak aufrecht in die Mitte und zieht ihre Jacke aus. Sie trägt nur noch eine kurze Fellhose. Sie watschelt auf uns zu und stößt kleine Schreie aus wie ein Schneehuhn, das seine Küken verloren hat.

Die Nacht schreitet voran. Es folgen noch einige andere Nummern. Immer geht es um Tiere, die Jagd und mehr oder weniger lustige, mehr oder weniger furchterregende Geister. Wir schreien, mal aus Angst und mal vor Freude.

Auch wenn der Tod in dieser Jahreszeit nie weit weg ist, tut es gut, am tiefsten Punkt der Nacht gemeinsam zu lachen und zu feiern. Wir wissen, dass es schwierigere Zeiten gab als die, in der wir jetzt leben. Während eine Frau einen weiteren Lederschlauch voll *Mattak* vor uns hinlegt, köstliche rohe Narwalhaut, die in Öl eingelegt ist, ergreift der Mann der ältesten Tochter von Sauniq das Wort.

56

»Aja, aja, was uns widerfährt, hat einen Sinn, und es neigt sich alles einem Ende hin«, beginnt er. »Ich wurde geboren in Ittirdummiut, im Fjord von Sarmuliak, und ich trage den Namen meines Großvaters, Qalliutuuq. Dieser Mann hat in mir eine Erinnerung hinterlassen, die kommt und geht. Heute Abend schwimmt sie mir wie eine schöne dicke Sommerrobbe ins Gedächtnis. Ich werde euch daran teilhaben lassen.

Es geschah vor sehr vielen Wintern, mindestens drei oder vier ganze Menschen ist es her. Mein Großvater lebte mit seiner Familie an der Spitze des Fjords von Ujarasujjuk. Seine Mutter war die zweite Gattin des alten Schamanen Silaittuq. Seine großen Brüder waren gestandene Männer, und seine Schwestern hatten schon zahlreiche Kinder.

In jenem Winter hatten die Robben den Fjord verlassen, und alle litten Hunger. Eines Morgens zog mein Großvater bis zum Fuß des Gletschers, um zu jagen. Dort hielt sich eine Herde Moschusochsen auf. Nachdem er das Gelände ausgekundschaftet hatte, schlich er sich langsam an. Bevor die Tiere zusammenrücken konnten, um ihre Jungen zu schützen, gelang es ihm, sich zwischen die Herde und eine junge Kuh zu stellen. Von den anderen isoliert, ging sie zum Angriff über. Qalliutuuq rannte also in Richtung eines Hügels, hinter dem ein Fluss eine Schlucht ausgehöhlt hatte. Oben angekommen, kletterte er auf einen Stein, aber die Kuh raste weiter, prallte unten dagegen und verletzte sich tödlich. Mein Großvater gab ihr den Gnadenstoß, dann ging er los und holte seine Brüder, die ihm halfen, das Fleisch ins Lager zu bringen. Es war Qalliutuuqs erster großer Fang.

Aber noch bevor mein Großvater dazu kam, sich an seiner eigenen Beute satt zu essen, entschied sein Vater, der alte

Schamane, er müsse sich allein in eine Höhle begeben. Die Mutter von Qalliutuuq war nicht einverstanden, aber Silaittuq interessierte das nicht. Er brachte seinen Sohn zu einem Felsloch und überließ ihn dort sich selbst, schutzlos den Geistern ausgeliefert, die an solchen Orten leben.

Mein Großvater fürchtete seinen Vater noch mehr als den Hunger und die Geister. Obwohl er bedrohliche Stimmen hörte, traute er sich nicht, die Höhle zu verlassen und ins Lager zurückzukehren. Er blieb mehr als vier Monde lang dort und aß nichts außer ein paar Hasen und Füchsen, die in seiner Höhle Zuflucht gesucht hatten.

Eines Nachts wurden die Stimmen schließlich doch zu bedrohlich. Es klang, als würden Dutzende nebeneinander aufgehängte Kadaver gemeinsam im Wind heulen. Da sagte sich Qalliutuuq: ›Lieber ziehe ich den Zorn meines Vaters auf mich, als diese Stimmen weiter zu ertragen.‹ Damit verließ er die Höhle. Draußen war es Frühling geworden.

Als er im Lager ankam, war es erstaunlich ruhig. Ein eigenartiger Geruch drang in seine Nase. ›Ich bin es nicht mehr gewohnt, unter Menschen zu sein‹, dachte er zuerst. Aber als er sich in den Tunnel seines Hauses hinunterbückte, begriff er, was geschehen war.

Eine Leiche lag auf dem Bauch, am Po und an den Schenkeln fehlte das Fleisch, der Rest war halb verwest. Im Inneren lagen noch weitere Tote. Neffen, Nichten, seine Mutter, ein Bruder und eine Schwester. Nur der alte Schamane war noch am Leben. »Wo sind die anderen?«, fragte Qalliutuuq. Sein Vater war so schwach, dass er nicht antworten konnte.

Qalliutuuq verließ das verpestete Haus. Draußen stand, dem Gletscher zugewandt, ein junger Moschusochse. Fußspuren führten in Richtung der Berge. In der Hoffnung, Überlebende aus seiner Familie zu finden, folgte er ihnen. Wie es weiterging, kann ich euch nicht sagen, denn da endet meine Erinnerung an die große Hungersnot.«

57

Es ist nicht das erste Mal, dass ich Berichte von großen Hungersnöten höre. Ich selbst habe nur kleinere erlebt, in denen wir mit dem Leder unserer Stiefel, Kajaks und *Umiaks* auskommen mussten. Ich weiß, dass es damals Menschen gab, die lieber gestorben wären, als ihre Angehörigen zu essen – aber man kann kein Urteil über andere fällen. Ich selbst habe schon einen meiner Hunde gegessen, und wenn nötig, hätte ich auch Ikasuk gegessen, obwohl sie mir das Leben gerettet hat. Nur meine Tochter, die könnte ich nicht opfern. Lieber würde ich sie ertränken, als sie irgendjemandem als Mahlzeit anzubieten.

Wenn man so etwas mitten im Winter hört, während wir uns alle den Bauch vollschlagen, bekommt man davon merkwürdige Träume. Die Alten sind jenen Zeiten näher als wir, und wenn ich die Augen schließe und mich der Schlaf übermannt, sehe ich sie nebeneinander aufgereiht, mit eingesunkenen Augen und heraushängender Zunge. Sauniqs Haut ist durchscheinend wie das Leder unserer großen Boote. Durch sie kann ich Dinge sehen, die sich vor langer Zeit zugetragen haben.

Heute Nacht zum Beispiel sehe ich Folgendes: Quppersimaan, ihr erster Ehemann, lebt im Inneren ihres Bauchs. Mit großem Geschick jagt er Robben. Eines Tages fliegt ein Eissturmvogel dicht an sein Ohr heran und sagt ihm, er soll sich in Acht nehmen und nur noch gemeinsam mit anderen in einem Kreis jagen – sonst werde ein Walross kommen und ihn auf den Meeresgrund ziehen. Quppersimaan schlägt die Warnung des Vogels in den Wind und jagt weiter allein in gerader Linie. Und so kommt es, dass er den Mann ohne Gesicht nicht sieht, der eines Tages hinter ihm lauert. Dieser Mann stößt ihm die Harpune in die Rippen. Sauniqs junger

Ehemann kentert. Der andere drückt mit seinem Paddel auf den Rumpf seines Kajaks, damit er es nicht wieder umdrehen kann. Während Quppersimaan in den Fluten kämpft, fließt sein Blut in Wirbeln ins Meer, bis er sich schließlich nicht mehr bewegt. Der Mann ohne Gesicht schleppt seine Leiche ans Ufer, zieht sie aus dem Wasser und zerhackt sie in mehrere Stücke, die er anschließend verstreut. Der Eissturmvogel kreist über ihm und schreit: »Hab ich's nicht gesagt? Hab ich's nicht gesagt?«

Als ich aufwache, sind alle, die noch im Gemeinschaftshaus waren, eingeschlafen. Nur die alte Sauniq wacht bei der Lampe und legt hin und wieder ein Stückchen Fett hinein. Ich erzähle ihr leise, was ich geträumt habe. »So ist er also ums Leben gekommen?«, fragt sie erstaunt und zieht die Augenbrauen hoch. Dann sieht sie zu dem Alten hinüber, der wie ein Stein an seiner ebenfalls schlafenden Frau lehnt, ganz hinten im Haus. »Mein Quppersimaan war ein Cousin von ihm. Ich weiß noch, dass er an jenem Tag kurz vor ihm aufgebrochen ist. Als der Alte zurückkam, sagte er, mein Mann habe einen Jagdunfall gehabt; er habe ihn von Weitem zwischen zwei Eisschollen versinken sehen. Er meinte, er hätte seine Leiche gesucht, aber nicht gefunden …«

Auch ich sehe zu dem Alten hinüber. Ich finde, er hat Ähnlichkeit mit einem wurmstichigen Baumstumpf. Aus diesem Holz lässt sich nichts machen. Warum hat eigentlich noch niemand versucht, ihn ins Meer zu stoßen?

58

Es ist jetzt der achte Tag, an dem wir uns im Gemeinschaftshaus versammeln. Es ist noch eine weitere Familie dazugekommen, ein älteres Paar mit mehreren Kindern. Sie waren es, die ein paar Winter zuvor die Schwester des Alten und ihre beiden Töchter aufgenommen haben. Sauniq kennt sie gut, sie war früher mehrmals mit ihnen im selben Sommerlager. Die alte Frau ist eine Cousine, aber die jüngeren Mitglieder der beiden Familien haben sich noch nie gesehen. Mein Onkel schlägt vor, beim abendlichen Beisammensein reihum Lieder zu singen, damit wir einander ein wenig kennenlernen.

Die älteste Tochter von Sauniq macht den Anfang:

Ich bin vor langer Zeit gegangen
Vor langer Zeit, da ging ich fort
Zog weit von meiner Mutter weg
Und lebte bei meinem Mann

Mein Mann verlor den Vater
Mein Mann verlor die Mutter
Doch er bekam mit mir
Zwei Kinder
Einen Jungen und ein Mädchen

Wir kommen zurück nach Itarnarjuit
Um meine Mutter wiederzusehen
Die inzwischen alt ist

Die alt ist, aber trotzdem
Scharen junger Kinder hat
Was halt ich nur von all den Kindern?

Soll ich mich freuen oder weinen?
Meine Mutter ist alt, doch um sie herum
Mehr Kinder als je die meinen!
Alt und faltig war ich schon
Jetzt bin ich auch noch neidisch!

Sauniq lacht, als sie das hört. Da ich das jüngste ihrer Kinder bin, schnappt sie mich bei der Jacke und schiebt mich vor ihre Älteste, die so tut, als wäre sie zornig. Um zu beschwichtigen, bietet eine Frau mit zwei Babys an der Brust jener, deren Bauch schon gefroren ist, das wohlgenährtere der beiden als Geschenk an. Sauniqs Tochter stürzt sich wie eine Menschenfresserin darauf und macht sich über sein Speckbäuchlein her. Das Baby gluckst vor Lachen – wir lachen mit ihm.

Danach ist der Bruder von Pukajaak an der Reihe. Er steht auf und hebt zum Singen an:

Ich habe gute und schlechte Winter erlebt
In manchen kamen die Robben zu mir
In anderen nahmen sie Reißaus

Ich habe schöne Sommer erlebt
Die Luft voll trommelnder Karibuhufe
Ich habe schöne Sommer erlebt
Die Flüsse von Saiblingen rot getupft

Ich musste im Leben kaum Hunger leiden
Meine Nächsten mit mir teilten und speisten
Doch mein Traum, mein ewiger Traum
Bleibt, dass ich allein einen Beluga fange
Ganz allein die Fleischdepots fülle
Und jeder bekommt etwas ab –
meine Kinder, meine Eltern
Jeder bekommt reichlich vom zarten Maktaaq

Das ganze Haus jubelt und applaudiert. Einer nach dem anderen steht auf und singt – bis sich schließlich der Bruder des Alten erhebt und mit nervöser und zugleich übermütiger Miene sagt: »Jetzt ist es an mir, ein kleines Lied zu singen. Jeder darf es hören, aber es ist für meinen Bruder, dieses liebliche und grausame Lied, das ich seit langer Zeit für ihn vorbereite.«

Jedem ist klar, dass sich in diesen ruhigen Worten ein unerwartetes Duell ankündigt. Nur der Alte wirkt nicht überrascht. Eigentlich hat er denselben gleichgültigen Blick wie immer. Wie die Tradition es verlangt, steht er auf, um seinem Bruder von Angesicht zu Angesicht zu begegnen, aber eigentlich ist er gar nicht richtig anwesend. Ein seltsames Lächeln liegt auf seinem Gesicht, schwebt darüber wie formloser Nebel über einer Eisspalte.

LIED DES BRUDERS DES ALTEN

Wir lebten im Norden von Italussaq
Söhne derselben Eltern
Du der Ältere, der Jüngere ich

Du zogst schon mit den Männern zur Jagd
Da hatte ich noch eine Brust im Mund
In der Hand einen Spielzeugbogen

Eines Winters starb unsere Mutter
Wortlos ging sie in der Nacht
Man fand sie reglos am Morgen
Die Nase in der Lampe
Die Hände im Tran
Sie zu retten stand nicht in unserer Macht

Im Sommer darauf nahm sich unser Vater

Eine andere Frau, klein und herzensgut
Und älter als du, aber kaum
Mich liebte sie wie einen Bruder
Doch vor dir blieb sie stets auf der Hut
Denn du warst so groß

Um sie zu befremden und mir Unrecht zu tun
Krakeeltest du, Mutter sei meinetwegen im Grab
Ich hätte ihr mit meinem kleinen Bogen
Einen Pfeil in die Rippen geschossen
Während sie mir Nahrung gab

Du hast gelogen, großer Bruder, gelogen hast du
Und seither nie mehr die Wahrheit gesagt

Unsere Stiefmutter hat dir nicht geglaubt
Was unser Vater leider tat

Er war betrübt
So betrübt, dass er keine Worte fand
Und so ging er eines Tages fort
Ins Land hinein, hin zu den Geistern
Die ihn in ihrer Höhle behielten
Hinter dicker steinerner Wand

Auch unsre Stiefmutter ging bald
Mit einem anderen Jäger fort
Du behieltest mich
Mich und unsere Schwester
Wie ein Vater, wie eine Mutter
Wie ein alter Eremit
Der uns hat adoptiert
Und so kam es, dass dich fortan
Jeder nur »der Alte« nannte

Ich singe dir zum Dank, großer Bruder
Doch auch, weil du gelogen hast
Gelogen, als ich klein war
Und seitdem nie die Wahrheit sprachst

Doch mein Lied ist noch nicht zu Ende
So lange gärte es in mir
Ohne dass ein Wort ich sprach
Doch heute Abend will ich nicht schweigen
Bis nicht das Letzte ans Licht gebracht

Wir lebten im Norden von Italussaq
Waren Brüder, Neffen, Cousins von einem Blut
Du der Ältere, der Jüngere ich, dazu unsere Schwester
Du zogst zur Jagd, um uns zu ernähren
Doch allzu oft lief es nicht gut

Ein Cousin versorgte uns mit Fleisch
Von Robben, die du entdeckt und verfehlt
Und die er nach dir dann erlegte
Um dir bereitwillig davon zu geben

Doch du warst stolz und voll Niedertracht
Und weil dieser Cousin dich beschämte
Einen miserablen Jäger wie dich
Hast du ihn schließlich umgebracht
Mit der Harpune zugestoßen
Dein Paddel zur Waffe gemacht

Seither verabscheust du gute Jäger
Hasst jeden
Der seine Familie ernährt
Den Tieren missfällt das, sie suchen das Weite
Die Tiere an Land wie die im Meer
Keiner mag dich, nur deine Hunde

Denn auch sie
Fallen übereinander her

Deine einzigen Freunde sind böse Geister
Denen hauchst du Leben ein
Auf dass sie töten, wen du bestimmst
Weil er dir ein Dorn im Auge
Doch selbst darin bist du siegreich nicht
Oft wandte sich dein Tupilak gegen dich
Schlug dir den Schwanz, die Klauen ins Gesicht

Mein Lied neigt sich dem Ende hin
Ich gestehe, dass auch ich kein guter Jäger bin
Was mich vielleicht vor dem Tod bewahrt
Und so lüfte ich das Geheimnis, das jahrelang an mir genagt
Du hast den Mann unsrer Schwester getötet, denn er war besser bei der Jagd
Und hast getötet deinen Sohn, einen großen Jäger in spe
Du bringst nur Unheil über uns
Bist selbst ein einziges Unheil nur
Verflucht sollst du sein – und jetzt geh

59

Der Alte hat sich das ganze Lied mit starrem Lächeln angehört. Im Gemeinschaftshaus lag eine bleischwere Stille. Die meisten von uns hatten keine Ahnung von all diesen grausamen Wahrheiten, die uns da gerade zu Ohren kamen. Doch der Alte zeigte keinerlei Reaktion. Außer dass seine Augen vielleicht ein wenig mehr glänzten als vor dem Lied seines Bruders, wirkte er versteinert und tot. Nach einer Weile, die uns wie drei ganze Morgendämmerungen vorkam, setzte er schließlich mit tiefer, kratzender Stimme zu seinem Lied an:

Aja, aja!
Ich bin ein alter müder Jäger
Als ich jung war, floh so manche Robbe vor mir
Und gab sich hochmütigen Gefährten hin

Ich bin ein schlechter Jäger
Ich habe so oft Pech
Du sagst, die Tiere mögen mich nicht –
das stimmt, da hast du recht

Mein Bruder bist du trotzdem
Oft habe ich dich genährt
Und jetzt singst du diese Lügenmär

Ich hab unseren Schwager nicht auf dem Gewissen
Und auch nicht unseren Cousin
Und wenn ich meinen Sohn verdammte
Dann weil er mit einem Mädchen ging
Dessen Vaters Schmach ich erlegen bin

Der Angakok sagte einst zu mir:
Der Mann ist mit den Robben im Bunde
Verbünde du dich mit dem Meer gegen ihn

Doch Sedna hat ihn nie bestraft
Und so schwor ich mir Rache
An seiner Frau, seinen Hunden, seiner Tochter
An ihren Mann jedoch habe ich nie gedacht
Doch jetzt, wo es vollbracht:
Ja, er war mein Sohn
Was macht's?

60

Nach diesem grausigen Gesang herrscht im Gemeinschaftshaus erneut Stille. Niemand wagt sich zu bewegen oder jemanden anzusehen. Nur Hila ist aufgestanden. Auf ihren kleinen Beinchen geht sie zu ihm hin. Zitternd sehe ich ihr zu. Bei ihm angekommen, wischt sie sich die Rotznase ab und streckt die Händchen nach den dünnen grauen Haaren aus, die aus seinem Stirnband heraushängen. Als sie an einer Strähne zieht, schwenkt der Kopf des Alten in ihre Richtung und sein Mund öffnet sich, wobei mehr Löcher als Zähne zum Vorschein kommen. Er schnalzt mit der Zunge, drei Mal, ein Geräusch wie Schnabelklappern. Die Stille ist unerträglich.

Zum Glück kommt jemand auf die Idee, die Frauen um einen Kehlgesang zu bitten, um die frostige Stimmung zu vertreiben. Pukajaak und ihre älteste Schwester stehen auf und stellen sich einander gegenüber. Hila hat die beiden gesehen und kommt zu mir zurück. Ich ziehe sie fest an mich. Der Atem der beiden Sängerinnen vermischt sich miteinander, und sie liefern sich ein lebendiges und friedliches Duell, das den Raum förmlich in Schwingung versetzt – und nach und nach taut die Atmosphäre ein wenig auf.

61

Am Morgen ist der Alte verschwunden. Seine Frau bemerkt es als Erste und schlägt Alarm. Sein Bruder folgt seiner Spur im Schnee. Sie führt bis zu einem dunklen Loch im zugefrorenen Watt. Er sondiert die Öffnung mit einem Stock, findet jedoch nichts als gefrierendes Wasser, kleine Eisstücke, die kurz davor sind, sich zu verbinden. Als er seine Suche gerade an einer anderen Stelle fortsetzen will, entdeckt er etwas auf dem Boden. Er geht näher: Es ist ein Ledersäckchen an einem Band mit mehreren Amuletten darin. Ein paar Schritte weiter ein Gürtel. Es ist der seines Bruders. Ohne ihn anzurühren, geht er zurück zu seinem Haus. Der Alte ist durch das Loch ins Meer gegangen – es ist gut so, wie es ist.

VIERTER TEIL

NAJA

62

Es ist Hilas siebter Sommer. Sauniq hat ihr beigebracht, zu nähen und sich um die Lampe zu kümmern. Ich nehme sie manchmal mit zur Jagd. Genau wie die Jungen in unserem Lager hat sie einen Bogen und kleine Pfeile, mit denen sie auf Beute aus Knochen und Steinen schießt. Manchmal wird sie von anderen Kindern gehänselt, weil sie keinen Vater hat, aber sie macht sich nichts daraus. Sie ist aufgeweckt und fröhlich.

In dem Winter, in dem der Alte sich unterm Eis ertränkt hat, hätte ich wieder heiraten können. Sein Neffe, ein Cousin von Tulukaraq, wäre bereit gewesen, mich mitzunehmen. Aber ich wollte nicht in dieser Familie leben, mit der Erinnerung an den Alten und all jene, die er auf dem Gewissen hat. Auch ein junger Mann aus einer anderen Familie hätte mich mitgenommen, aber ich brachte es nicht übers Herz, Hila und Sauniq zu trennen.

Auch wenn es manchmal nicht leicht ist, alle satt zu bekommen, habe ich es nie bereut, geblieben zu sein. Pukajaak und mein Onkel haben noch ein Kind bekommen, aber ihr ältester Sohn geht jetzt mit seinem Vater zur Jagd, und sie haben oft Fleisch, das sie mit uns teilen. Von nun an ist das meine Familie – an meinen Vater, meine Mutter und meine Geschwister denke ich nur noch ganz selten, und wenn, dann stelle ich mir vor, wie sie alle friedlich zusammenleben, in dem Land, in dem man niemals Hunger leidet.

An den Lichtmann dagegen muss ich oft denken. Ich habe ihn nie mehr wiedergesehen, aber der Polarfuchs, den er mir damals auf dem Eis, inmitten der leuchtenden Kuppeln, geschenkt hat, zeigt sich mir manchmal bei der Jagd. Dann sieht er mich ein paar Sekunden an und huscht wieder davon. Ich schieße nie auf ihn und hoffe, er kommt eines Tages näher. Als er mir das erste Mal im Traum erschienen und dann im Schnee verschwunden ist, hat Sauniq prophezeit, dass wir Besuch von jemand Unbekanntem bekommen werden. Alle, die in jenem Winter zu uns gekommen sind, waren mehr oder weniger enge Verwandte. Ich warte also weiter auf einen Fremden.

63

Der Winter ist jung, es ist noch nicht sehr kalt. Trotzdem verlässt Hila seit einiger Zeit nur noch ungern das Haus. Sie sagt, sie sei müde und habe keine Lust, mit den anderen Kindern zu spielen. Das wundert mich. Ihre Augen sind fröhlich, aber ihr Körper ist schlapp. Sauniq bleibt bei ihr und singt ihr Lieder vor.

Die Tage vergehen, ohne dass sich ihr Zustand bessert. Ihre Stirn ist nicht warm und ihr tut auch nichts weh, aber ihre Muskeln sind schlaff. Sie lächelt, wenn wir für sie herumalbern, aber das Lachen hat sie verlassen – so als könnten sich ihre Rippen nicht mehr heben, weil es sie zu viel Kraft kostet.

Anfangs sagte Sauniq, ich solle mir keine Gedanken machen. Aber jetzt sehe ich, dass auch sie besorgt ist. Als sie eines Abends auf der Plattform neben Hila sitzt und irgendetwas murmelt, wird mir klar, dass sie in Gedanken all ihre Gelenke abtastet. Sie will herausfinden, welche ihrer Seelen sich davongemacht hat. Ich spitze die Ohren und höre sie Folgendes murmeln:

Tornarit, mein Freund und Helfer
Sag mir, wo der Knochen brach
Wo das Gelenk zu dünn geworden
Wo die Klaue zugeschlagen

Tornarit, mein Freund und Helfer
Der Lederschlauch, er hat ein Loch
Jetzt tropft das Fett aus ihm heraus
Bedenke nur, er ist noch jung
Und hilf mir ihn flicken, so hilf mir doch

Sie wiederholt diese Formel mehrere Male, hält die Luft an und wartet gespannt, was für eine Antwort kommt. Auch ich spitze die Ohren, doch schließlich seufzt Sauniq: »Der Geist hat mir den Rücken gekehrt, er erzählt mir nur wirres Zeug … Morgen werde ich versuchen, deinen Kopf anzuheben, kleine Mutter.«

Am nächsten Tag setzt sich Sauniq wieder dicht neben Hila. Sie löst ihren Dutt, schüttelt ihr dünnes Haar und legt sich einen Lederriemen um die Stirn. Dann schiebt sie Hila einen Stab unter den Nacken, den sie an beiden Seiten mit dem Lederband verbindet. Der Kopf meiner Tochter ist auf diese Weise an ihrem aufgehängt.

Sauniq versucht eine ganze Weile, ihn anzuheben – ohne Erfolg. Auf diese Weise kann man herausfinden, wie es um jemanden steht. Je schwerer der Kopf, desto schwerer die Krankheit. Sauniq probiert es mit verschiedenen Techniken und schafft es schließlich, Hilas Schädel hin- und herzurollen und von der Unterlage abzuheben. Dann legt sie ihn sanft wieder ab, löst das Lederband und sagt: »Ich kann nichts für dich tun, kleine Mutter. Der Rabe will mir nicht sagen, ob dich deine *Tarniq* verlassen hat oder nur eine kleine Seele irgendwo. Nur er kann den Lebenshauch zurückbringen, der dir fehlt …« An den Tagen darauf verbessert sich Hilas Zustand nicht. Sie ist wie Frühjahrseis, das langsam taut.

64

Mein Onkel und ich sind losgezogen, um am Ende der Kleinen-Bucht-die-im-Osten-wie-ein-Schlauch-zuläuft zu jagen. Das Eis, das sich in ihrer Spitze sammelt, bildet eine Art großen Mund mit Zähnen darin, in dem sich die Robben verfangen. Auf diese Weise lassen sie sich leichter jagen. Wir haben mehrere getötet und vorerst aufs Packeis gelegt. Wir werden sie nicht alle auf einmal zum Lager bringen können. Mein Onkel bricht auf, um zwei zu unserem Lager zu schleppen, während ich die anderen nacheinander aufs Festland ziehe, wo ich anschließend irgendein Fleischversteck finden muss. Diese Nacht werde ich allein hier schlafen.

Während ich auf dem Packeis ein kleines Iglu baue, nähert sich ein Polarfuchs den Robben, die ich in der Nähe eines Felsens abgelegt habe. Ich will gerade auf ihn zurennen und ihn verjagen, da dreht er den Kopf zu mir und sieht mich aus seinen kleinen schwarzen Augen an. Ich bleibe stehen. Wir bleiben eine ganze Weile so, Auge in Auge. Ich erkenne meinen Polarfuchs wieder, den, der von einem Moment auf den anderen im Schnee verschwinden kann. Was er kurz darauf dann auch tut. Ich mache kehrt und gehe zurück in mein Iglu, glücklich, ihn gesehen zu haben. Ich habe keine Lampe, aber die Nacht ist klar, und ich kann zwischen den Eisblöcken das Mondlicht erahnen. Nur die Wärme anderer Menschen fehlt mir, und ich ziehe mir zum Schlafen die Kapuze über den Kopf.

Mitten in der Nacht kitzelt mich ein Geräusch im Ohr. Es klingt, als würden Krallen an den Wänden meines Iglus kratzen, oder vielmehr an meiner Schädeldecke. Ich öffne die Augen, nehme die Arme über den Kopf und stürze ins Freie. Ich rechne fest damit, den Polarfuchs davonhuschen zu sehen, doch draußen suche ich vergebens – von dem

Fuchs ist keine Spur, und auch von einem anderen Tier nicht.

Trotz der Kälte, die mir in die Wangen beißt, bleibe ich draußen und sehe in den Himmel. Er ist von diesigen Schleiern überzogen, und hier und da funkeln ein paar Sterne. Als ich langsam dem Blick darüberschweifen lasse, entdecke ich in der Ferne schließlich ein seltsames Licht auf der Horizontlinie. Es sieht aus, als wäre ein Stern aufs Packeis gefallen, etwas schwächer und blasser als der Rest. Schnellen Schrittes gehe ich darauf zu, aus Angst, er könnte verlöschen, bevor ich ihn erreiche. Als ich näher komme, erkenne ich, dass es kein Stern, sondern ein Iglu ist, kaum größer als meins. Darin brennt eine Lampe, und neben einem Schlitten schlafen sechs Hunde.

Ich hocke mich in die Nähe des Eingangs und mache mich durch Rufen bemerkbar. »Aï! Wer wohnt da auf dem Eis, am Rand des Himmels?« Ein Mann wirft die Schneetür ein und antwortet: »Das bin ich, und wer auch immer in einer solchen Nacht auf dem Eis ist, sei mir willkommen.« Ich trete ein und nehme die Kapuze ab. Der Mann ist allein und bietet mir etwas zu essen an. Der gute Geschmack von gekochtem Fleisch und die Wärme in seinem Iglu machen mich müde. Nach ein paar wenigen Bissen schlafe ich auf seiner kleinen Plattform sitzend ein.

Als ich am Morgen aufwache, bin ich allein im Iglu. Die Lampe und die Felle sind verschwunden, und auch ich verlasse das Nachtlager. Draußen ist ein weißer, diesiger Tag angebrochen, und ich sehe mein Iglu in der Ferne nicht mehr. Der Mann hat gerade seinen Schlitten fertig beladen, und auch die Hunde sind schon eingespannt. Er sieht mich an und sagt: »Dort entlang geht's zu dir, ich kann dich absetzen.« Ich steige bereitwillig vorn auf. Auf den Befehl des Mannes rennen die Hunde los.

65

Ich weiß nicht, was an jenem Morgen geschah. Wie wir durch den weißen Tag bis an diese Stelle gelangten. Wir rasten geradewegs aufs Festland zu, ohne dass wir an meinem Iglu oder den Robben vorbeigekommen wären. Der Schlitten des Mannes fuhr sehr schnell. Ich spürte unter meinem Po zuerst das ebene Packeis und dann die Presseishügel; ich merkte genau, wann wir wieder aufs Festland kamen, wann wir den Kiesstrand hinter uns ließen und über die Tundra flogen. Wir flogen förmlich über den Schnee, als würde der Wind uns tragen. Wir kamen zum Fuß des Gletschers, der in den Fjord mündet, dann erreichten wir das Gebirge. Der Mann lenkte seine Hunde zwischen Anhöhen und klaffenden Schluchten hindurch. Der Berg glitt unter ihren Pfoten hindurch wie ein schöner fetter Lachs durch den Schlund eines Bären. Vor Kälte liefen mir Tränen übers Gesicht, und je höher wir kamen, desto intensiver wurde das Licht. Von da, wo wir waren, strahlte das Ufer in makellosem Weiß. Es gleißte förmlich, heller als das Packeis, das stellenweise noch grau war. In der Ferne lag dunkel das Meer. Ich konnte mich nicht erinnern, das Wasser um diese Jahreszeit je so frei gesehen zu haben, was sicher daran lag, dass ich im Winter noch nie so hoch in den Bergen gewesen war.

Als der Hang zu steil wurde, stiegen der Mann und ich vom Schlitten und liefen neben den Hunden her. Schließlich zwang uns eine Wand mit zwei Überhängen zum Anhalten. Jetzt brüllte der Mann einen Befehl, und die Hunde legten sich auf die Seite. Wir nahmen die Bündel vom Schlitten, banden sie uns um die Taille oder direkt an die Zugriemen der Hunde. Der Mann legte sich noch einen weiteren Riemen über die Brust und hängte sich den Schlitten um. Mir fiel auf, wie unglaublich leicht er gebaut war. So einen Schlitten hatte ich noch nie gesehen. Wäre mir nicht sämtliche Puste ausgegangen, als ich mich mit Händen und Füßen an der Schneewand festhielt und hinaufstieg, hätte ich ihn gefragt, wo er mit einem solchen Schlitten herkam.

Schon bald hatte der Mann einen ordentlichen Vorsprung vor mir und den Hunden. Er bahnte uns den Weg, schlug kleine Stufen ins Eis. Ich fragte mich, was unser Ziel war. Vor Kälte brannten mir selbst in den Fäustlingen die Fingerspitzen. Andere Körperstellen waren heiß, feucht. In diesem Zustand hätte man auf keinen Fall stehen bleiben dürfen. Aber das stand ohnehin außer Frage: Der Mann ging immer weiter voran, trotz meines Ächzens und trotz der japsenden Hunde. Wir mussten weitergehen, wenn wir nicht an Ort und Stelle gefrieren wollten.

Schließlich erreichten wir den Kamm. Ich war völlig außer Atem und hatte einen blutigen Geschmack im Mund. Unter uns zeichneten sich klar und deutlich drei Fjorde ab, und in der Ferne ließen sich noch weitere erahnen. Ich hatte noch nie ein so weites Gelände überschaut. Während der Mann die Lasten wieder auf den Schlitten packte, zeigte er mir weiter unten das Lager meiner Gruppe. »Und du, woher kommst du?«, fragte ich. Er deutete mit dem Arm zur anderen Gebirgsseite, da, wo wir herkamen, nur weiter in die Ferne.

Als wir die Hunde eingespannt hatten, machten wir uns an die Abfahrt. Ich wickelte mich in ein Bärenfell, um nicht im Wind zu erfrieren. Der Mann saß aufrecht hinter mir und führte die Hunde mit seiner Stimme. Wir fuhren so schnell, dass ich wieder keine Luft bekam. Ich hatte Angst. Einmal stieß eine der Kufen gegen einen hervorstehenden Eisblock. Der Schlitten kippte, aber ich fiel nicht herunter; der Mann hielt mich mit seiner Peitsche zurück. Sofort fingen wir uns wieder. Ich hatte noch nie zuvor einen so kurzen, schnellen und wendigen Schlitten gesehen.

Als wir am Fuß des Berges ankamen, begann ein dichter Nebel alles einzuhüllen. Gerade kroch er über den Rand des

Packeises – so als hätte das Meer beschlossen, die Ebene zu überfluten. Kurz bevor wir das Lager erreichten, fanden auch wir uns darin wieder. Ich bat den Mann, den Schlitten vor unserem Winterhaus anzuhalten.

66

Als ich eintrat, hatte niemand mit mir gerechnet. Mein Onkel hatte am Tag zuvor zwei Robben ins Lager gebracht und war gerade wieder aufgebrochen, um mich abzuholen. Bevor sich irgendjemand über meine Rückkehr wundern konnte, trat der Mann ein, die Peitsche noch in der Hand. Ohne irgendwelche Fragen zu stellen, bot Sauniq unserem Gast ein frisch abgeschnittenes Stück Fleisch an.

Hila, die im hinteren Teil des Hauses lag, war überglücklich, mich zu sehen. Mit großen strahlenden Augen sah sie mich an. Als ich näher an sie heranging, spürte ich das Fieber auf ihrer Stirn. Während der Mann aß, erkundigte ich mich bei Sauniq nach dem neuesten Stand. Seit ich losgezogen war, ging es Hila so wie jetzt. Sie war immer schlapp, immer reglos – bis auf einen Moment in der vergangenen Nacht. Während alle schliefen, kratzte sie plötzlich wie ein panisches Tier an ihrer Decke. Das ging mehrere Minuten lang so, in denen man weder mit ihr reden noch ihren wilden Blick fixieren konnte. Ich sagte nichts, aber mir wurde klar, dass sie es gewesen war, die ich in meinem kleinen Iglu auf dem Packeis gehört hatte, nicht den Polarfuchs.

Der Mann hörte aufmerksam zu. Nicht von ungefähr beschrieb meine alte Mutter Hilas Zustand bis ins kleinste Detail: ihre Trägheit, das Sternenlicht in ihren Augen, strahlend, aber kalt, bis hin zu ihrem kürzlichen Erregungszustand und den Zuckungen. Während sie diese Symptome aufzählte, sah sie dem Mann nicht in die Augen, sondern warf einen prüfenden Blick unter seine halb offene Jacke. Er trug eine Kette mit Amuletten – es bestand kein Zweifel daran, dass er Schamanenkräfte besaß.

In der ersten Nacht bestand der Mann darauf, draußen bei seinen Hunden zu schlafen. Wir hatten ihm angeboten, unser

Umiak als Unterschlupf zu nutzen, aber er wollte sich lieber weiter unten auf dem Eis ein kleines Iglu bauen. Als ich nach Einbruch der Dunkelheit aus unserem Haus aus Steinen und Torf trat, sah ich, dass seine Lampe brannte: Die Kuppel in der Ferne strahlte das sanfte Licht eines schläfrigen Halbmonds ab, genau wie am Tag zuvor auf dem Packeis, wo ich ihm begegnet war. Seine Gegenwart machte mir Mut. So als wäre ein großer Bruder vom Himmel gestiegen, um meine Tochter zu heilen.

67

Am nächsten Morgen blieb der Mann bei seinem Iglu und angelte. Als ich zu ihm ging, sagte er, er warte auf die Rückkehr meines Onkels. Gemeinsam schätzten wir, dass er noch mindestens einen Tag brauchen würde, um im Kajak durch die offenen Rinnen zurückzufahren. Und einen weiteren Tag, falls er mich an der Spitze des Fjords, wo ich nicht mehr war, hartnäckig weitersuchte.

Mein Onkel kam schließlich am dritten Tag zurück. Nicht, weil er mich so lange gesucht hatte, sondern vielmehr, weil er die Arbeit erledigen musste, die ich nicht gemacht hatte: das Fleisch zerteilen und verstecken. Danach war er übers Meer zurückgefahren und hatte mit der Harpune noch eine letzte Robbe erlegt, bevor er den tierreichen Fjord verließ. Der Rückweg hatte ihn müde gemacht, und als er aus seiner Sitzluke stieg und sah, dass ich ihm auf dem Eis entgegenkam, sagte er nur: »Ist meine Nichte schon von ihrem Ausflug aufs Festland zurück?« Sicher hatte er die Schlittenspuren nahe meinem kleinen Iglu oder dem des Mannes gesehen.

Kaum dass wir im Lager ankamen, nahm Pukajaak meinem Onkel die Robbe ab und informierte ihn über die Anwesenheit eines Fremden. »Alles in Ordnung«, sagte mein Onkel, und wir nahmen ein gemeinsames Mahl aus Fett und Fleisch zu uns. Danach verkündete der Mann, er werde noch am selben Abend zu einer Reise aufbrechen und versuchen, Hila zu retten. Er ließ keinen Zweifel daran, dass sich ihre *Tarniq*, ihre Hauptseele, in die Lüfte erhoben hatte – und dass in ihrem Körper, sollte sie nicht schnell zurückkehren, bald kein Leben mehr sein würde.

68

Gemeinsam warteten wir ab, bis die Dunkelheit hereinbrach und der Mond hinterm Horizont verschwand, und dichteten zusätzlich die Robbendarmfenster mit Fellen ab. Während der Reise des Mannes durfte keinerlei Licht hereindringen. Im Schein der Lampe band mein Onkel ihm die Beine zusammen und dann, hinterm Rücken, die Hände. Der Schamane hatte jetzt nur noch seine Trommel in Reichweite des Mundes. Mit dem Kinn gab er uns ein Zeichen, den Docht der Lampe zu löschen, und jetzt war es um uns herum stockdunkel.

Am Anfang verstanden wir grob, was er sang. Er sang in der alten Schamanensprache, von der uns einige Worte noch verständlich sind. Aber es dauerte nicht lange, da veränderte sich seine Stimme; er stieß durchdringende Schreie aus, und innerhalb der Mauern des Hauses entfesselte sich ein grauenvoller Lärm. Es klang, als wollte ein gigantischer Rabe alles und jeden verjagen. Mir wurde angst und bange, ich drückte Hilas fiebernden Körper fest an mich, während die anderen Kinder weinten. Ab und an ließ der Lärm für einen Moment nach, und die Stimme des Mannes veränderte sich. Er befand sich im Austausch mit seinen Hilfsgeistern und schickte einen nach dem anderen auf die Suche nach Hilas *Tarniq*.

Es war eine lange Nacht. Die Geister gehorchten nicht oder schafften es nicht so weit, wie der Mann von ihnen verlangte. Lange Zeit war es sehr still, dann erhob sich in der Finsternis ein kehliger Gesang, begleitet von Geräuschen, die wie Knochenklappern klangen.

LIED DES SCHAMANEN

Ea, ea – angitaja, angitaja
Ich dringe nicht an dein Ohr

Tarpadit, tarpadit
Du lästerst in fremdlichen Stimmen
Und machst, dass ich außer mir bin

Angada, angada
Du schreist und zerreißt dich
Du frostest, zerhirnst dich
Verwirrwarst dich – wo bist du?

Ea, ea – pungua, pungua
Du dornhaist tief
Im Schleiergeschäl
Gib seinen jungen Kiefer mir
Und seine vernarbstrichte Brust

Qoaciarcia, qoaciarcia
Sprich mit mir
Und komm zurück ins Iduwija

Wo ich es offenblößen muss
Dass mein tornatit, fliegt
Dass mein tornatit
Lügt

Qoaciarcia, qoaciarcia
Sprich mit mir
Und komm zurück ins Iduwija

Aia! Aia!
Ea – kriik kriik

69

Als das Lied verklungen war, machte sich eine schwere Stille breit, die nur hin und wieder von einem Stöhnen unterbrochen wurde. Hila in meinen Armen bewegte sich nicht mehr. Ihre Glieder waren schwer, ihre Brust hob sich kaum. Ich fürchtete, dass ihr Körper schon bald nicht mehr als eine abgestreifte Hülle sein würde.

Ich wartete im Dunkeln, bis der Schamane wieder zu sich kam. Das Stöhnen verstummte schließlich, irgendjemand nahm das Fell vor dem östlichsten Fenster ab – und das Tageslicht fiel herein. Der Schamane lag noch genau da, wo er vorher gelegen hatte, zerzaust, den Blick ins Unbestimmte gerichtet. Irgendjemand kam und brachte ihm Wasser, im Schulterblatt eines Karibus, dann gingen wir alle zum Bottich und tranken ebenfalls aus dem Knochen. Im ganzen Haus hingen die Dämpfe der Nacht.

Mein Onkel ging als Erster nach draußen und ließ die Tür hinter sich offen. Wie ein Hauch von neuem Leben strömte die kalte Luft herein. Ich hätte mir gewünscht, sie würde auch in Hilas Lungen dringen, aber aus ihren Nasenlöchern kam ein Pfeifen wie von ganz jungem Eis. Sie wirkte, als könnte sie bei der kleinsten Bewegung zerbrechen. Ich ließ sie unter ihrer Decke liegen, neben der schnarchenden Sauniq, und folgte meinem Onkel durch den Tunnel.

Draußen war ein fahler Tag angebrochen. Ein leichter Wind wirbelte hier und da niedrige Schneewölkchen auf. Die Hunde hatten sich in ihre Löcher verkrochen und bettelten nicht um Fleisch. Wir hatten nicht geschlafen, und der Tag wirkte müde, genau wie wir.

Ich ging zum *Umiak* und holte einen Lederschlauch voll Fett und Beeren, die Nahrung, die wohl am leichtesten die Kehle meiner Tochter hinuntergleiten würde. Während ich ihn in den Eingangstunnel des Hauses zog, hörte ich voller Erstaunen, dass der Mann beruhigend auf Hila einredete: »Deine *Tarniq* ist wieder da«, sagte er und rieb ihr mit der flachen Hand das Schulterblatt. »Sie kam genau in dem Moment zurück, als ich den Mond verlassen habe. Du musst jetzt gut aufpassen, dass sie da bleibt, wo deine Großmutter den Rabenflügel aufgenäht hat.«

»Du bist ein großer *Angakok*«, sagte ich und legte den Lederschlauch neben Hila.

»Meine Kraft hat ihre Grenzen, aber heute Nacht hatte ich das Glück, weit gen Osten reisen zu können … Ich muss schon sagen, dass die *Tarniq* deiner Tochter stark ist – sie kann weit fliegen, sehr schnell und sehr lange. Um ehrlich zu sein, folge ich ihr schon seit zwei Monden, und sie war es, die mich im Fjord, wo sich diesen Winter die Robben versammelt haben, zu dir geführt hat.«

In den Tagen darauf kam Hila zusehends zu Kräften. Kaum einen halben Mond später fand sie ihr Lachen wieder, und noch bevor der Frühling anbrach, spielte sie wieder mit den anderen Kindern – schmaler, aber noch schöner als zuvor.

70

Wenn ein *Angakok* das eigene Kind geheilt hat, ist es üblich, dass man ihm etwas schenkt. Da ich nichts besaß, was wertvoll genug war für den Mann, der Hila gerettet hatte, schenkte ich ihm die Wärme meines Körpers. In dem Mond, der auf seinen magischen Flug folgte, nahm er ihn mehrfach in Besitz, und da es uns beiden gefiel, fingen wir im darauffolgenden Mond von Neuem an, und in allen folgenden auch – bis zu jenem nie endenden Tag im Herzen des Sommers.

Das Eis in der Tundra ist jetzt ganz weggeschmolzen, und es ist Zeit, weiter ins Land hineinzuziehen. Wir lassen Hila bei ihrer Großmutter, und ich folge dem Mann zum See-über-den-sich-ein-Felsen-neigt. In meiner Geschichte von unserer Schlittenfahrt ist er Atanaarjuat – der schnelle Mann. Fortan jedoch möchte er bei seinem richtigen Namen genannt werden, den ihm sein Lehrer gab: Naja, die Möwe.

Er steigt auf den Fels, um mir zu zeigen warum: Dort oben, beide Beine fest zusammengedrückt, geht er ein wenig in die Knie, schiebt die Schultern vor und springt kopfüber in die Tiefe. Ich könnte nicht sagen, ob er länger in der Luft bleibt als jemand anders, aber was dann folgt, verblüfft mich: Er streift das Wasser, ohne einzutauchen. Seine Arme gleichen kräftigen Flügeln, die seinen Sturz abfangen und ihn wieder in die Luft heben können. Er landet am Seeufer, weit weg von dem Felsen, von dem er abgesprungen ist. Seine Jacke und seine Hose haben kaum ein Tröpfchen abbekommen, und auf seinem Gesicht liegt ein breites Lächeln.

Naja bittet mich, nun meinerseits auf den Felsen zu steigen. Er ist dreimal so hoch wie ich. Oben angekommen, wird mir leicht schwindelig. Naja fordert mich auf nachzusehen, was sich im Osten unter meinen Fingern befindet. Ich entdecke eine Mulde im Stein. Als hätte dort seit Jahrhunderten ein Bär seine Tatze gedreht und eine Aushöhlung vom Durchmesser meines Arms geschaffen.

»Dort wirst du jetzt bleiben«, sagt Naja. »Und warten, bis die Sonne dreimal den Horizont gestreift hat. Bis dahin reibst du die ganze Zeit hiermit über den Fels.« Er wirft mir einen dicken Stein zu, dann zieht er los zur Jagd. Ich begreife, dass damit meine Initiation beginnt.

71

Drei Tage lang reibe ich den Stein auf dem Felsen. Meine Glieder kribbeln und brennen, ich habe unerträgliche Schmerzen – bis ich weder meine Schulter noch meinen Arm mehr spüre. Irgendwann dreht sich meine Hand ganz von allein, ohne dass ich sagen könnte, wer sie antreibt. Als die Sonne in der Ferne den Horizont nur noch streichelt, bin ich vor Kälte wie erstarrt. Der Felsen, auf dem ich sitze, gleicht einer eisigen Decke. Steht die Sonne wiederum hoch am Himmel, spiegelt sie sich auf der Wasseroberfläche und blendet mich. Dann sehe ich lange Zeit nur weiße Lichtkreise, egal wo ich hinblicke. Wenn ich wieder etwas sehen kann, erscheint mir die Landspitze, auf der ich mich befinde, jedes Mal höher. Warum hat mich Naja hier zurückgelassen und nicht in einer Höhle?

72

Auch wenn ich mir nicht ganz sicher bin, wie viel Zeit vergangen ist, kommt es mir vor, als sei der vierte Tag angebrochen. Ab und zu schlafe ich ein, und immer, wenn ich aufwache, glaube ich, in der Ferne Naja zu erkennen. Aber das bilde ich mir nur ein, und ich bleibe allein auf meinem Felsen. Vielleicht werde ich nie mehr hinuntersteigen.

73

Ein weiteres Mal schlage ich die Augen auf und blicke auf den See. Die Sonne liegt weit entfernt wie eine leuchtende Kuppel auf der Wasseroberfläche. Je länger ich sie ansehe, desto lebendiger erscheint sie mir. Sie wird langsam größer, sieht aus wie der Rücken eines Wals. Nur dass sie einen Pelz hat und glitzert.

Auf einmal geht alles ganz schnell: Der Rücken hebt sich, und ein riesiger Leib schießt lebendig wie eine Forelle aus dem Wasser. Daraufhin schwappt eine Welle auf mich zu und spült mich herunter, und ich treibe wie eine vom Fels gerissene Muschel im Wasser. Über mir wippt auf einer Wassersäule ein riesiger Kopf: der Kopf des Seebären. Mit weit aufgerissenem Maul kommt er auf mich zu. Er wird mich verschlingen, ich bin ihm schutzlos ausgeliefert. Aber ich fühle mich vor Angst ohnehin wie gelähmt. Ich höre, wie meine Sehnen und Knochen zwischen seinen Zähnen knacken, wie mein Blut auf seine fleischige Zunge spritzt. Mein Brustkorb sinkt ein und wird schließlich in seinem Schlund zusammengedrückt. Ich ersticke, sehe Rot, Schwarz und Weiß.

Alles verlischt, ich werde von einer angenehmen Wärme umfangen und von fernem Bauchgrummeln gewiegt … Ich weiß nicht, wie lange ich dort bleibe, durchgeschüttelt in seinen Eingeweiden.

Plötzlich werde ich wieder zusammengequetscht. Noch schmerzhafter als beim ersten Mal. Meine Rippen bohren sich in sämtliche Organe, dann werde ich wieder aufgeblasen, und Hunderte von Wunden reißen auf. Mit der Wucht eines Orkans schleudert es mich aus dem Bärenmaul, und ich lande am Seeufer wie ein altes Stück Fleisch. Es dauert sehr lange, bis jeder meiner Knochen wieder an seinen Platz findet …

Ich bin nackt, und der Wind fegt über meine Haut, die an mehreren Stellen eingerissen ist. Meine *Kamik* sind die ersten Kleidungsstücke, die zu mir zurückkommen. Ich ziehe sie an, und die Wärme steigt von meinen Füßen aus nach oben. Dann schleicht sich wie ein Jäger, der mir auflauert, meine Jacke an. Kurz darauf folgt meine Hose, die einen lustigen Tanz aufführt. Und, auch wenn ich nicht weiß wie, weil ich es nicht kommen sah: Mein altes Bärenfell kommt ebenfalls zu mir zurück – das, was mir mein Vater zugeworfen hatte und das ich eines Tages zerlöchert und zerrissen am Fuß der Steilwand zurückgelassen hatte. Es ist seidig wie im allerersten Winter. Ich schlafe darunter ein, und mein offenes Haar treibt im Wasser des Sees.

74

Es ist wieder Winter. Ich bin Najas Frau geworden. Wir wohnen in einem Haus mit Pukajaak und meinem Onkel. Ihre beiden großen Söhne jagen inzwischen. Der Letztgeborene hat ein sehr sanftes Gemüt – seine Gegenwart ist beruhigend. Auch Pukajaaks Bruder ist bei uns, mit seiner Frau und ihren beiden Kindern. Sie erwarten ein weiteres Baby, von dem man nicht genau weiß, wann es kommt, aber die Mutter ist schon sehr rund.

Wir teilen uns unsere Nische auf der Plattform noch immer mit Sauniq, die bei Hila schläft. Ihre älteste Tochter, die vergangenen Winter noch bei uns war, ist mit ihrer Familie weitergezogen nach Norden, weil ihre beiden großen Kinder sich mit jungen Leuten von dort verheiraten wollen. Sauniq spricht oft von ihr: »*Aatataa!* Die Frau ist fast so alt wie ich, das macht mir Angst!«, sagt sie und lacht. Meine alte Mutter hat außerdem verkündet, dass sie sich fortan von Wasser und auch von glattem Eis fernhalten wird. Sie will ihr Gesicht nicht mehr sehen. »Wenn die eigene Tochter kurz davor ist, Enkelkinder zu bekommen, darf man keinen Blick mehr auf die eigenen Falten wagen. In solche tiefen Spalten stürzt man nur allzu leicht hinein.« Sie schweigt für einen Moment nachdenklich und fügt schließlich mit drohender Miene hinzu: »Und ihr anderen, ihr tut ebenfalls gut daran, mich nicht mehr anzusehen, denn ehe ihr euch verseht, verschluckt euch der Tod!«

Manchmal dämmert Sauniq weg, und man hört mehrere Tage nichts von ihr. Nur Hila führt noch richtige Gespräche mit ihr. Die beiden betrachten Naja mit zufriedener Miene. Manchmal verbringen sie gemeinsam lange Stunden bei der Lampe. Meine alte Mutter lehrt sie Dinge, von denen ich nichts weiß. Und das ist gut so.

Unterdessen gehe ich mit Naja auf Robbenjagd. Wie bei allem anderen auch geht er dabei ganz anders vor als wir. Statt stundenlang dazustehen und den Tieren an ihren Atemlöchern aufzulauern, sucht er Risse im Eis und spannt darin Netze. Findet er keine, kann er sehr weit übers Eis wandern, bis er zu offenem Wasser gelangt.

Von ihm lerne ich, fein- und grobmaschige Netze zu knüpfen und sie danach geschickt zu platzieren. Das funktioniert nicht jedes Mal, und oft ist es viel Aufwand für nichts. Wenn mein Onkel ihn damit aufzieht, erwidert Naja: »Ich war schon zu Hause ein miserabler Jäger, und von euren Seetieren habe ich keine Ahnung. Aber ich probiere es aus – wenn es dich amüsiert, ist das ja immerhin etwas!«

SAUNIQS LIED FÜR HILA

Arnaliara, arnaliara
Lausch dem Wind, der weht
Sein Lied ist süß und weich:
Hila ist das schönste Kind, das jemals ward gesehen
Und dein geliebtes Mütterlein zugleich

Arnaliara, arnaliara
Als ich dich damals wiederfand
War voll Falten mein Gesicht
Doch seitdem du geboren bist
Streift meine Seele die Jahre ab
Und schmilzt wie Eis im Sonnenlicht!

Arnaliara, mein Mütterchen
Lausch dem Wind, der weht
Er ruft mich, lockt mich
Tanzen soll ich, einer Flocke gleich
Denn ich bin alt, voll Luft ist mein Gebein

So werden wir mein Leben gemeinsam beschließen
du liebes Mütterlein

Du trägst schon jetzt ganz tief in dir
Eine Kraft, von der du nichts ahnst
Ich hinterlasse dir all meine Kräfte –
Nicht alle haben mir genützt
Die wildesten wirst du zähmen müssen

Hast du mir all die Jahre gut zugehört
So weißt du alles, was ich weiß
Und auch, was ich bereits vergaß
Ich gehe, arnaliara
Doch mach dir keine Sorgen
Wir sehen uns ganz bald

Auf die Reise nehm ich mit
Deine Wärme und deinen Blick
Und wenn du dann erwachst, arnaliara
Neben meinem kalten Leib
So fülle mir ein letztes Mal
Den Mund mit feinen Krebsen

Wenn du das tust, arnaliara
Dann sucht der Hunger stets das Weite
Mmm mmm! Arnaliara
Ich sterbe glücklich an deiner Seite

75

Drei Tage lang sitzen wir jetzt schon im Haus fest. Zuerst legte sich ein dichter Nebel über den Fjord, dann setzte ein kräftiger Höhenwind ein, der Schneegestöber mit sich brachte. Zuerst war es nur feiner Pulverschnee, doch bald schien es, als würden nadelspitze Dolche herumgewirbelt, so hart und scharf waren die Schneekristalle. Mehr als ein paar Minuten konnten wir uns nicht draußen aufhalten.

Vergangene Nacht erreichte der Sturm seinen Höhepunkt. Der Wind heulte durch die Wände hindurch. Wir kauerten uns dicht zusammen und versuchten, zur Ablenkung zu singen, aber schon nach kurzer Zeit hörten wir gar nichts mehr – nur noch das Heulen des Windes und der aufgeregten Hunde im Eingangstunnel. Wir verstummten. Uns blieb nur zu hoffen, dass der Zorn des Mondmanns sich nicht so weit auswuchs, dass er die Himmelssäulen zu Fall brachte.

Heute Morgen ließ der Wind endlich nach. Im Haus herrschte eine seltsame Stimmung. Es hatte nicht viel genützt, dass wir uns verschanzt hatten; wir alle waren ausgelaugt wie nach einem Schamanenflug. Irgendetwas hatte sich verändert, aber wir wussten nicht was. Für einen Moment glaubte ich, dass das Haus nicht mehr da stünde, wo es vor dem Sturm gestanden hatte. Dass wir beim Hinaustreten eine andere Landschaft vorfinden würden als die, die wir kannten.

Doch die Erklärung für unsere unbehagliche Stimmung war eine andere. Der Nachtwind war zu einem schwachen Keuchen neben mir abgeklungen. Ich beugte mich über die Plattform – es kam von Hila. Ich brachte unsere Lampe wieder in Gang und sah, dass ihr Gesicht tränenüberströmt war. Sie saß reglos an der Wand, ein Stück entfernt von Sauniq – die bereits kalt war.

Der Atem unserer alten Mutter hatte sich während des Sturms in die Lüfte erhoben. Ich rief zuerst Pukajaak, die es anschließend ihrem Bruder sagte. Lange Zeit blieben wir dort sitzen, reglos und schweigend. Schließlich drückte Pukajaak unsere Hände und Hilas Schultern und sagte: »*Ajurnamat!*« So ist es.

76

Die Landschaft draußen hat sich nicht verändert. Das schöne Wetter ist zurückgekehrt und taucht alles in ein neues Licht. Eine dicke Schneedecke lässt die Berge in der Ferne weniger schroff erscheinen. Vielleicht erleichtert das Sauniq die Reise. So oder so machen wir uns keine allzu großen Sorgen, denn die Frau von Pukajaaks Bruder bekommt bald ihr Kind, sodass die Seele unserer alten Mutter nicht lange herumirren muss.

Bis dahin müssen wir sie trotzdem aus dem Haus bringen, genau wie alles andere, was sich darin befindet. Pukajaaks Bruder will die Leiche seiner Mutter allein tragen, aber er schafft es nicht, sie hochzuheben. Mein Onkel kommt ihm zu Hilfe – aber auch zu zweit gelingt es ihnen nicht. Pukajaak und ich lächeln, als wir sehen, wie Sauniqs zierlicher Leichnam bleischwer auf der Plattform liegt. Wenn man sie so sieht, könnte man meinen, der kleinste Windhauch würde sie davontragen. Aber die, deren Name »Knochen« bedeutet, kann unmöglich nur aus Staub und Leder bestehen. Ihre hutzelige Haut, ihr beinahe kahler Schädel mit dem Haarknoten, der kaum mehr dicker als ein Knäuel getrockneter Algen ist, und ihr zerbrechliches Skelett sind in Wahrheit schwerer als Stein. Sauniq hat nie all ihre Kräfte enthüllt. Erst mit der Hilfe von Naja, ein Schamane wie sie, gelingt es den Männern schließlich, sie aus dem Haus zu tragen. Pukajaak und ich folgen ihnen, mit all ihren und unseren Sachen.

Hila ist als Einzige wirklich traurig. Sie ist noch nicht alt genug für das, was ihr widerfährt: Sie verliert nicht nur ihre Großmutter, sondern zugleich ihre Tochter. Ich hatte in den letzten Tagen schon gesehen, wie Sauniq sie auf diesen Abschied vorbereitete. Sie schenkte ihr Lieder und magische Verse. Hila ist noch zu jung, um die Kraft dessen einzuschätzen, was da an sie weitergegeben wurde. Sie verliert heute Sauniqs Wärme, und niemand kann sie darüber hinwegtrösten.

Ich lasse ihr die Zeit, die sie neben dem Leichnam ihrer Großmutter braucht. Pukajaak und sie nehmen unserer alten Mutter die Ledersäckchen ab, die sie auf ihrer mageren Brust trug. Unter der Haut ihrer schlaffen Brüste befinden sich noch weitere versteckte Amulette. Man braucht nur die passenden Zauberformeln zu sprechen, um sie sich anzueignen. Hila kennt einige davon, aber wir müssen ein paar Tage abwarten. Alles, was Sauniq gehört hat, muss erst einmal außerhalb des Hauses bleiben. Pukajaak lässt ihr ein wenig von ihrem Schmuck. Man nimmt einer Toten nicht alles ab, erst recht nicht einer Schamanin.

Unsere alte Mutter aß in letzter Zeit wenig und hielt sich von jeglicher Form des Wassers fern. Wir setzen ihren Leichnam also unter einem flachen Stein bei, statt ihn in eine Spalte nahe dem Meer zu werfen. Dieses letzte Haus, halb geöffnet, wird es ihrer *Tarniq* erlauben, in den Himmel zurückzukehren, sobald sie bereit ist, unsere Welt zu verlassen.

Naja schenkt uns für ihre Bestattung ein schwarzes Moschusochsenfell. Es ist schon lange her, dass wir hier bei uns ein solches Tier erlegt haben. Das Fell ist so groß, dass wir Sauniq dreimal damit umwickeln können. So geht sie gut gewärmt auf die Reise, sie, die sich in der letzten Zeit immer so nah wie möglich bei der Lampe aufgehalten hat.

Mach's gut, alte Mutter. Wir werden deinen Namen erst wieder aussprechen, wenn ein Kind ihn annimmt, doch der Klang deiner Stimme schwingt noch immer in der Luft, die uns umgibt.

77

Wir haben Glück. Seit Sauniq tot ist, herrscht mildes Wetter. Klarer Himmel, nicht zu viel Wind. Wir schlafen in dem leeren Haus, und um uns die Zeit zu vertreiben, gehen wir die Küste entlang oder im ersten Morgenlicht tiefer ins Land hinein.

Heute nehme ich Hila mit auf den Hügel, den man Langer-Arm nennt, wegen des ellbogenähnlichen Knicks, den er in der Mitte macht, bevor er in einen sanften Abhang übergeht. Langsam steigen wir durch den frischen Schnee auf. Unsere *Kamik* quietschen wie Vögelchen, unsere Nasenlöcher beben: Es liegt schon fast ein Hauch von Frühling in der Luft.

Auf dem kleinen Hügel angekommen, sieht man die Klaue-des-Hundes, jenen Felsvorsprung über dem Meer, in dessen Nähe Hila damals, zwölf Winter zuvor, geweint hat, als wir im dichten Nebel darauf zugingen. Ich erzähle ihr noch einmal, wie wir dank ihr die Stelle wiederfanden, an der Sauniq vor langer Zeit mit ihrer Familie überlebt hatte. »Das weiß ich doch«, sagt Hila zu mir und zeigt auf ihre Brust. Sie trägt unter ihrer Jacke noch immer den runden Stoßzahn des Walrosses, das sich uns hier ganz in der Nähe geschenkt hatte. Sie zieht das kleine Ledersäckchen hervor, in dem sie ihn aufbewahrt, und holt einen alten Vogelschnabel heraus, den sie vor Kurzem mit hineingetan hat. »Das ist ein Amulett deiner alten Mutter und meiner Tochter«, flüstert sie, mehr zu sich selbst. »Es ist aus der Zeit, die ich mit ihr zusammen hier verbracht habe – in meinem anderen Leben.«

In der Ferne umkreisen die ersten Zugvögel die Klaue-des-Hundes. Da die Trauer um unsere alte Mutter es uns verbietet, lange in den Himmel oder aufs Meer zu sehen, bewundern wir das Spektakel nur kurz, dann gehen wir wieder hinunter – sanft gestreichelt von einem leichten Wind.

Morgen früh werden drei ganze Tage vergangen sein. Mein Onkel, Pukajaaks Bruder und Naja werden ihre Arbeit wieder aufnehmen können. Für Pukajaak, Hila und mich ist die Trauerzeit länger. Wir dürfen nicht nähen und müssen weiterhin allein essen. Lange Tage werden wir nichts tun und auch nichts anrühren.

Ich frage mich manchmal, was wohl passiert, wenn wir diese ganzen Tabus einfach brechen. Für Sauniq war der Tod eine Befreiung, – warum sollte sich ihre Seele an den Lebenden rächen wollen, die sie geliebt haben?

SAUNIQS LIED FÜR UQSURALIK

Ich wurde bei schönem Wetter geboren
In eine große Familie hinein
Mutter sagte mir ein langes Leben voraus
Mehrmals entkam ich dem Hungertod
Nannte mehrere Ehemänner mein

Heute bin ich an Kindern reich
Einige kamen aus meinem Bauch
Andere empfing ich mit den Händen
Dank ihnen werde ich Nuna sehr lange bewohnen
Nuna, unser gemeinsames Reich

Von all diesen Kindern
Bist du, Uqsuralik
Die Einzige, um die ich mich sorge
Uqsuralik, meine letzte Tochter

Du bist Bärin und Hermelin zugleich
Deine Tochter ist ein Rabe

Und so tragt ihr beide
Die Kraft mehrerer Tiere in euch

Indem sie ihn an den Haaren zog
Hat meine kleine Mutter Hila
Den Alten in den Tod getrieben
Und Rache für ihren Vater geübt

Und schließt du nun für deinen Teil
Den Bund mit Naja, dem Fremden
So schickst dich zu Reisen an
Jenseits der Welten, wie die meisten sie kennen

Uqsuralik, meine Letztgeborene
Halt deine Initiation nur geheim
Sonst verschleiert es dir den Blick
Versperrt ihn, schränkt ihn ein

Uqsuralik, meine Letztgeborene,
Erzähl niemandem vom Besuch der Geister
Sonst schikaniert man deine Mächte, baut ihnen Mauern

Mächtige Frauen
Rechnen damit
Dass tausend Gefahren lauern

78

Der halb volle Mond lässt heute auf seiner Bahn das Packeis glitzern. Als Naja und seine Gefährten von der Jagd zurückkommen, ist er gerade hinterm Horizont verschwunden, und es ist dunkel geworden. Pukajaak, Hila und ich sind den ganzen Tag durch den Schnee in Richtung der Berge gewandert. Ohne dass wir Ausschau danach gehalten hätten, überraschten wir eine Herde Moschusochsen. Das berichteten wir den Männern, die auf der Plattform um eine zerteilte Robbe herumsaßen. »Ihr hättet das Wild nicht ansehen dürfen«, sagt einer von ihnen. »Jetzt wird es fliehen.« Naja erkundigt sich weniger misstrauisch: »Und wo genau habt ihr diese Herde gesehen?«

»Wenn man die Klaue-des-Hundes im Rücken hat, geradewegs im Osten.«

»Dort gehen wir morgen suchen«, sagt Naja bestimmt.

Bis die Lampen gelöscht sind, spricht niemand mehr ein Wort.

Am nächsten Tag machen sich Naja, mein Onkel und drei Jungen auf den Weg. Am Abend kommen sie zurück und erzählen, sie hätten die Herde von Weitem gesehen. Morgen würden sie noch einmal in Richtung der Berge gehen und für längere Zeit wegbleiben.

Seit die Tabus für die Männer aufgehoben sind, schlafen wir Frauen zusammen auf der Plattform. Wenn niemand im Haus ist oder wenn ich unbeobachtet bin, bearbeite ich Häute und reibe Najas *Kamik* mit Robbentran ein. Da sie morgen für ein paar Tage aufbrechen wollen, kaue ich auch die Nähte seiner Fäustlinge und den Pelz an seinen Stiefeln gut durch, damit alles schön weich bleibt.

Als Naja seine Kleider am Morgen vom Trockengestell nimmt, weiß er sehr wohl, wer sich darum gekümmert hat.

Er schlüpft hinein und sagt: »Gute Handschuhe, gute Stiefelchen …« Offenbar macht er sich keine Sorgen, weil ich die Arbeit nicht ruhen lasse. Das Leben hat wieder begonnen und die Jagd ebenfalls – niemand fürchtet sich vor Sauniqs *Tarniq*. Wir sprechen ihren Namen nicht aus, damit sie in Ruhe reisen kann, aber sie ist keine jener Toten, deren Verwünschung man fürchtet.

79

Einige Tage darauf kommen Naja, mein Onkel und die drei Jungen, davon zwei von Pukajaaks Söhnen, mit zwei Moschusochsen zurück. Sie hatten einige Zeit gebraucht, um die beiden Tiere, einen recht alten Bullen und eine junge Kuh, von der Herde zu isolieren. Der Bulle hatte sich für einen Angriff von der Herde entfernt und saß plötzlich am Fuß einer Steilwand in einer Falle. Bei der Kuh war es anders: Als Gefahr drohte, versuchte die Herde, sie zu verteidigen. Die Männer hatten sie wegen ihrer schönen weißen Hufe ins Auge gefasst und zielten mit dem Gewehr und der Harpune auf sie. Die Färse brach zusammen. Das Schwierigste war, anschließend bis zu ihr vorzudringen. Naja und mein Onkel gingen zu ihr, während die Jungen den Rest der Herde fernhielten. Und schließlich mussten die beiden schweren Beutetiere noch bis ins Lager gezogen werden.

»Ihr habt Glück gehabt«, sagt Pukajaaks Bruder, als er sich die Tiere besieht.

»Warum?«, fragt Naja.

»Normalerweise flieht das Wild, wenn trauernde Frauen es angesehen haben.«

»Tja, diesmal hat es sich töten lassen. Und wir hätten sogar noch mehr erlegen können, wenn wir mehr Platz auf dem Schlitten gehabt hätten. Die anderen Tiere aus der Herde, die um die tote Färse herumstanden, wären allesamt leichte Beute gewesen. Wir mussten Steine werfen, um sie zu verjagen.«

Jetzt geht es ans Aufteilen. Weil sie die Herde als Erste entdeckt hat, bekommt Hila das Fell des Bullen. Es ist das erste Mal, dass ihr eine solche Trophäe zuteilwird. Sie ist gerührt, weil es ein ganz ähnliches Fell ist wie das, in das wir Sauniq gewickelt haben. Das andere geht an meinen Onkel, der als Erster auf die Färse geschossen hat. Er schenkt es

Pukajaak, die es an ihre schwangere Schwägerin weitergibt, die rund ist wie ein praller Lederschlauch. Der Bruder von Pukajaak sagt nichts mehr.

Anschließend zerteilen die Frauen die Tiere, und am Abend lassen wir uns zum ersten Mal seit langer Zeit ein Festmahl aus Moschusochsenfleisch schmecken. Für manche ist es ein Leckerbissen, andere finden es widerlich, aber alle lachen wie in der Wintermitte, wenn wir zu vielen beisammen sind und uns an Fleisch und Liedern berauschen.

80

In der Nacht darauf bekommt die Frau von Pukajaaks Bruder ihr Kind. Wieder werden, so kurz nach dem Tod unserer alten Mutter, alle möglichen Vorsichtsmaßnahmen getroffen. Wir bringen sämtliche Häute, Waffen und Fleischvorräte aus dem Haus. Weil Pukajaak und ich als Geburtshelferinnen ausscheiden, übernimmt eine andere Frau aus dem Lager die Aufgabe, das Kind zu empfangen. Die Männer verlassen das Lager, und wir warten hinter der Mauer unter dem umgedrehten *Umiak*.

Alle sind nervös, weil die Frau von Pukajaaks Bruder schon zwei Kinder in sehr jungem Alter verloren hat. Es bleibt zu hoffen, dass kein Geist es geschafft hat, während der Schwangerschaft bis in ihren Bauch vorzudringen, und dass dieses Baby hier stark genug ist, um zu überleben. Von draußen wiederholt Pukajaak ihre Beschwörung:

Ein Spalt wird sich öffnen
Kein Eis schiebt sich hinein
Ein Spalt wird sich öffnen
Ein Weg für das Kindelein

Drinnen spricht die Frau, die bei der Entbindung hilft, ihre eigenen Zauberformeln. Die Mutter dagegen ist ganz still. Wir rechnen jeden Moment mit Schreien, entweder von ihr oder dem Kind – aber bis auf gelegentliches Stöhnen bleibt es beunruhigend still.

Schließlich ruft die Geburtshelferin. Sie kommt heraus, den Haarknoten gelöst, und winkt Pukajaak herbei. Sie sagt ihr etwas, das ich nicht hören kann. Pukajaak kommt zu mir und bittet mich, Naja zu holen. Ich laufe, so schnell ich kann, über das Schneefeld, das unser Lager von den Felsen trennt, in deren Schutz die Männer sitzen. Naja eilt mit mir zurück und bittet mich, ihm ins Haus zu folgen.

Die Frau von Pukajaaks Bruder liegt auf ihrem Moschusochsenfell. Sie ist schweißgebadet und beißt auf einen Lederriemen, der ihr das Gesicht zerschneidet. Aus ihrem Mund kommt kein Laut, doch aus ihren hervorquellenden Augen spricht die Verzweiflung. Die Geburtshelferin wirkt angespannt, beißt die Zähne zusammen. Pukajaak erklärt Naja, dass das Baby nicht herauskommen will. Damit die Geburt vorangeht, hat die Frau eine Formel verwendet, die ihr ein Schamane anvertraut hatte, aber dann bemerkte sie voller Schrecken, dass sie ein Tabuwort enthielt, welches sie nicht wiederholen kann … Und jetzt fürchtet sie, sie könnte den Geist des Alten erzürnt haben.

Naja bittet darum, dass die Lampe für einen Moment abgedunkelt wird. Er geht dicht an den Bauch der Mutter heran und versucht zu verstehen, was das Kind zurückhält. Er spricht es direkt an, in der alten Sprache der Schamanen. Einige Augenblicke später bittet er wieder um Licht und wendet sich an die Frau: »Was glaubst du, was du erwartest?« Die Frau von Pukajaaks Bruder fixiert ihn mit angsterfülltem Blick. »Antworte mir! Was erwartest du?« Schließlich stößt die Frau hervor: »Einen lebenden Sohn!« Der Lederriemen fällt auf ihren Bauch, nass von Speichel. »Du bekommst ein Mädchen! Lass es kommen!«

Jetzt schreit die Frau. Und die Geburtshelferin hält ihre Schenkel fest. Naja wendet sich jetzt an sie: »Versuche nicht, das Geschlecht dieses Kindes zu ändern. Du hast nichts Falsches gesagt, warte einfach nur ab.« Die Schreie der Mutter verstummen für einen Moment und setzen umso lauter wieder ein. »Geh und hol Hila«, sagt Naja mit fester Stimme zu mir. Ich gehe nach draußen und komme mit meiner Tochter wieder herein. Zu fünft – vier Frauen und ein Schamane – stehen wir um den sich öffnenden Spalt herum. Der Kopf tritt hervor, senkt sich, aber er ist blau, und der Hals ist von einer weißen Schnur umwickelt. Die Geburtshelferin fettet sich die Hände und sucht mit zwei Fingern, was sie nicht benennen darf: das Schlüsselbein des Kindes. Naja bittet Hila, etwas aufzusagen. Hila begreift, dass sie eine von Sauniqs Beschwörungen sprechen soll.

Der Sommer ist nicht da
Er liegt noch unterm Schnee
Doch das Gras wird bald schon wachsen
Wenn nur ein Hauch darüberweht

Das Kind ist jetzt da, aber es schreit immer noch nicht. Die Geburtshelferin geht mit den Fingern unter die Schnur und versucht, sie mit einer Muschelschale durchzuschneiden. Ohne Erfolg. Mit einem Ruck zieht sie daran und streift sie über den Kopf, über ein Ohr hinweg. Jetzt kommt auch der Rest. Der Zauberspruch, den Hila immer noch wiederholt, zeigt Wirkung: Das Kind reißt das Mündchen auf und beginnt zu schreien. Eine Flut von Tränen überströmt das verquollene Gesicht der Mutter.

Jetzt müssen wir dem Kind, das zwischen unseren Händen wieder zum Leben erwacht ist, einen Namen geben. Die Geburtshelferin greift seinen Ringfinger und flüstert den Namen unserer alten Mutter. Es zeigt keine Reaktion. Sie sagt noch andere Namen, auf die es ebenfalls nicht reagiert. Als sie den ersten noch einmal wiederholt, hebt das Kind die Arme, als hätte es einen Hieb mit dem Knüppel bekommen. Bei zwei weiteren Namen zieht es die Beinchen an; auch die wird es tragen. Aber in dieser Nacht zählt nur der erste. Das Gesicht in Schweiß und Tränen gebadet, lächelt uns die Mutter an. »Sauniq ist zurückgekehrt …«

81

Die neue Sauniq ist so zierlich wie die alte und hat ebenso wenig Appetit, aber sie überlebt. Sie weint so gut wie nie, und ihr Herz schlägt schnell wie das eines Vogels. Ihre Großmutter mütterlicherseits, die jetzt auch bei uns im Haus wohnt, hat ihre Kleider zusammengenäht, damit ihre Seele darin bleibt. Die Ärmel sind vorn an den Handgelenken schön eng und der Kragen und die Fußöffnungen mit Fuchspelz besetzt. Mein Onkel bemerkt, dass ihr das eine gewisse Ähnlichkeit mit einem Hermelin verleiht. Er lächelt in meine Richtung. »Ist das etwa auch deine Tochter, Uqsuralik?«

Hila hängt schon jetzt sehr an diesem Kind, von dem sie auch ein wenig die Mutter ist. Sie hat sich sogar schon ein Lied für die Kleine ausgedacht, das sie ihr leise ins Ohr singt, während sie trinkt. Es handelt von Schalen und Geglucker.

Aja, aja, kleine Muschel
Leer bist du und treibst umher
Kuu kuu kuu
Machen die Venusmuscheln

Aja, aja, kleine Muschel
Kok kok macht deine Zunge
Sie kitzelt jede deiner Knospen
Aja, aja, kleine Muschel

FÜNFTER TEIL

ZWEI JUNGEN, DREI BELUGAS

82

Hila ist jetzt ein junges Mädchen. Die kleine Sauniq hat ihren zweiten Winter nicht überlebt und Hila damit ohne Zweifel eine zu große Last von den Schultern genommen. Nachdem die Frau von Pukajaaks Bruder aus unbekanntem Grund kurz nach der Geburt gestorben war, trug Hila plötzlich große Verantwortung. Der Clan hatte die Kleine zusammen mit ihrer Mutter begraben wollen, aber Hila hatte sich gegen diese Entscheidung gestellt – Sauniq war schließlich in gewisser Weise auch ihr Kind. Ich hatte mich nicht eingemischt, ebenso wenig wie Naja. Hila musste sie ein Jahr lang ohne Milch ernähren, ein sehr kräftezehrendes Unterfangen. Jetzt ist ihr Leben leichter – aber auch trauriger.

Naja sagt, ich solle mir keine Sorgen machen: Hila ist stark. Sie zieht den *Amauti* nicht aus, in dem sie die kleine Sauniq herumgetragen hat, und es besteht kein Zweifel, dass sie in diesem Mantel eines Tages andere Kinder tragen wird. Bis dahin ist sie wieder das sonderbare kleine Waisenkind, das stolz einen Rabenflügel trägt. Naja zufolge hat sie bereits einen Lebenszyklus vollendet. Er möchte, dass wir ihr als Zeichen ihrer Tapferkeit und ihres Muts das Gesicht tätowieren. Ist es wirklich nötig, dass meine Tochter schon wieder leidet? Wir werden sehen.

Unterdessen bleibt auch mein *Amauti* leer. Naja ist nun schon so viele Jahreszeiten mein Mann – aber unsere Verbindung bleibt unfruchtbar. Wir sprechen nicht darüber. Die Frauen um mich herum meiden das Thema. Doch diese Leere nagt an mir. In einem Traum hat mir jene, die man die Bärtige nennt, die große Schwarzhaarige, prophezeit, dass in meinem Bauch irgendetwas Gestalt annimmt – aber es zeigt sich nichts.

83

Naja und ich leben jetzt fernab von den anderen. Seit drei Jahreszeitenkreisen schlagen wir kein richtiges Lager mehr auf. Im Winter ziehen wir die Küste entlang, um Seetiere zu jagen, und wenn der Schnee schmilzt, gehen wir tiefer ins Land hinein, den Herden entgegen.

Ich mag dieses Leben im Wind, unter freiem Himmel und bei den Hunden. Naja und ich beobachten oft lange zusammen den Himmel, die Steine, die Bewegungen des Wassers und der Luft. In jeder Umgebung und bei jedem Wetter geht Naja ganz anders vor, als ich es von klein auf gelernt habe. Wir sprechen nicht viel. Ich beobachte ihn, tue, was er tut.

Wenn Sturm oder Kälte es erfordern, harren wir in winzigen Hütten aus. Naja will, dass wir so wenig wie möglich Licht machen und heizen. Wir halten die Flamme der Lampe immer nur gerade so in Gang und verbringen die meiste Zeit im Halbdunkel. Er lehrt mich die Sprache der Schamanen und singt in seinen Liedern von Himmels- oder Unterwasserwelten, in die man vordringen muss, wenn man die Geister um Schutz für die Lebenden bitten will. Ich verstehe nicht immer alles. Manchmal machen mir seine Hilfsgeister Angst, tyrannisieren mich, bis ich wie gelähmt bin. Sie knurren, sie schreien und bedrohen uns. Naja sieht sie, während ich sie nur höre. In manchen Nächten drückt mich das Beben ihrer flüssigen, rauen Zungen auf den Boden der Schneehütte und hält mich dort fest. Es ist schon eine Prüfung, dem einfach nur beizuwohnen, aber ich beklage mich nicht. Ich höre zu und lerne.

Insgeheim warte ich darauf, dass Naja sich noch einmal zum Mondmann begibt. Kurz bevor wir von den anderen fortgegangen sind, hat er einen Flug zu ihm unternommen, um eine Frau von ihrer Unfruchtbarkeit zu heilen. Warum tut er das jetzt nicht für uns? Unterdessen bearbeite ich seinen und meinen Leib voller Zorn.

LIED DES RIESEN – III

Aja, aja, kleine Frau
Reibst dich immer noch an dem Stein
An der Platte, die dich trägt
Du willst die Klauen des Riesen spüren
Und rollen wie Kiesel im reißenden Strom

Was mache ich denn nun mit dir?
Du weißt, wir essen hier nur Luft
Ich mag nur welke alte Weiber
Und du bietest mir deinen lauwarmen Leib

Aja, aja, kleine Frau
Ich bin ein Weg, der nicht weiterführt
Du widerst mich an, hast mich erschöpft
Ich liebe die Toten, und du willst leben!

Du hältst mich für stark
Doch kann ich nicht jagen
Ich habe die Kraft eines Schmetterlings
Der vor dem Ende des Sommers stirbt
Den Rest des Jahres tu ich nichts andres
Als unterirdische Tunnel graben

Aja, aja, kleine Frau
Du zwingst mich, in dir Zuflucht zu suchen
Klemmst mich unter deinen Arm
Am Ende bist du voller Löcher
Wie der Wirbel einer Robbe

84

Naja ist fort. Er hat mich in unserem Zelt am Ufer des Sees allein gelassen. Seit zwei Monden lebe ich in Gesellschaft von Fischen, Insekten und den Karibus in der Ferne. Ich habe keinen Appetit mehr auf Fleisch; ich ernähre mich von Beeren, Eiern und Forellen. Ich kenne jetzt zwei meiner Hilfsgeister. Der erste ist ein alter Freund – der Riese unter den Steinen. Er ist mir letzten Winter zweimal erschienen. Er erzählt mir von Toten und von Wegen, die er von der Erde bis in den Himmel gräbt. Er behauptet, er hätte keine Kraft und könne nichts für die Lebenden tun – aber ich weiß, dass er lügt. Nur er kann mit seinen Klauen Stein und gefrorene Erde abschaben.

Mein zweiter Verbündeter ist diskreter, subtiler. Es ist der Lichtmann – der meinen Körper damals in jener Nacht emporgehoben hat. Er ist jetzt wieder an seinem Platz im Himmel und spielt mit Totenschädeln Ball. Anfangs hatte ich Schwierigkeiten, die Formen seines Lichtschleiers in der Ferne zu deuten. Aber Naja hat mir geholfen, in jenen ekstatischen Zustand zu gelangen, in dem ich den Himmel erreichen kann. Ich kann mich jetzt mithilfe meines eigenen Gesangs aus meinem Körper heraus bis in die Welt der Geister katapultieren. Nach und nach lerne ich, ohne Angst mit ihnen in Austausch zu treten. Die Reise ist trotzdem jedes Mal schauerlich. Es fühlt sich an, als würden meine Eingeweide herausgerissen. Mein Herz wummert in meinen Ohren, und mich überkommt eine Art Schwindel. Trotzdem muss ich bei klarem Verstand bleiben, damit ich die Geister überzeugen kann, uns zu helfen. Naja sagt, eine richtige Schamanin bin ich erst dann, wenn es mir einmal gelungen ist, mit Sedna zu sprechen, auf dem Meeresgrund, und wenn ich den Mondmann besucht habe, ohne seinen Zorn auf mich zu ziehen.

85

Wir sind jetzt wieder bei Pukajaak und meinem Onkel in ihrem Sommerlager. Es sind viele Zelte in diesem Jahr. Auch Sauniqs älteste Tochter und ihre Familie sind da. Sie haben zwei Kinder bekommen; eins davon trägt den Namen unserer alten Mutter. Es ist ungefähr so alt wie das kleine Mädchen, das Hila zu retten versucht hat. Unsere alte Mutter musste sich sicher entscheiden, ob sie als Mädchen oder als Junge aufwachsen will. Sie hat sich für Letzteren entschieden, ein Junge mit einem freundlichen kleinen Gesicht. Er rennt wie ein Hase durch die Tundra und spaziert furchtlos über die Felsen am Fluss.

Ich erinnere mich noch an die Zeit, als Hila nicht größer war als er. Meine Tochter ist jetzt ein junges Mädchen. Sie hat über Najas Vorschlag nachgedacht und möchte sich das Gesicht tätowieren lassen. Pukajaak wendet ein, dass dies nicht unsere Tradition ist und dass ein Mann ein gezeichnetes Gesicht vielleicht irgendwann einmal abstoßend findet. Hila will davon nichts wissen. Ein Sonderling ist sie seit ihrer Geburt. Außerdem hat Naja erklärt, so eine Tätowierung sei in seinem Clan, weit jenseits der letzten Insel, die man vom höchsten Punkt der Steilwand aus sieht, ein Zeichen von Mut. Nur junge Frauen, die etwas Besonderes vollbracht haben, dürfen sie tragen, ebenso wie Männer, die es mit einem bösen Geist aufgenommen haben. Hilas Entschluss steht fest. Naja wird ihr die Linien stechen, die von der Mitte ihres Gesichts bis zum Ansatz ihrer Ohren verlaufen.

86

Es ist wieder so weit, dass der Mond am Himmel Kreise zieht, ohne je den Horizont zu erreichen. Die Sonne geht nicht mehr auf. Wir haben uns an der Kleinen-Bucht-die-sich-im-Osten-wie-Gedärm-verengt niedergelassen; sie ist endlich frei von dem alten Eis, das sich im vergangenen Jahr dort gesammelt hatte. Als Naja und ich allein lebten, waren wir oft an dieser Küste. Von den Nächten meiner Initiation weiß niemand. Nicht einmal mein Onkel und Pukajaak, dabei sind sie meine ältesten Gefährten.

Die Zeit, in der sich noch keiner meiner beiden Hilfsgeister zu erkennen gegeben hatte, liegt auf jeden Fall schon eine ganze Weile zurück. Naja erwähnt die Lieder oder die Sprache, die man beherrschen muss, jetzt gar nicht mehr. Es ist, als würde meine Ausbildung ruhen oder allmählich in Vergessenheit geraten. In diesem Winter wirkt die Zeit selbst wie im Eis erstarrt. Die Langeweile überkommt mich – nicht einmal Najas Körper kann mich noch wärmen.

Eines Morgens spüre ich schließlich etwas Seltsames, ein zartes Stechen, so als würde mir in unregelmäßigen Abständen ein kleiner Bärenzahn die Eingeweide kitzeln. In anderen Augenblicken fühlt es sich eher an, als wollte eine treibende Eisscherbe meine Bauchdecke durchstoßen.

Ich sage nichts, ich warte – und denke an all die Nächte, in denen ich von einem weiteren Kind träumte und eine alles beherrschende Leere beweinte.

87

Ich könnte von morgens bis abends lachen, und wenn ich mich dem Fluss nähere, höre ich unterm Eis die Venusmuscheln klackern. Wenn ich allein bis aufs Packeis gehe, spüre ich das Meer, das sich darunter bewegt, und weiß, es lacht mit mir. Diesmal bin ich mir sicher: Ein Kind ist da.

Nach außen hin lasse ich mir nichts anmerken. Nicht einmal Naja habe ich es gesagt, so sehr fürchte ich, das Ungeborene könnte sich in mir nicht dauerhaft eingerichtet haben. Auch Pukajaak und Hila wissen nichts. Ich werde so lange warten, bis es nicht mehr zu übersehen ist.

Wenn ich unbeobachtet bin, lasse ich die Hände auf meinem Bauch kreisen, so wie man das Fell einer Trommel erwärmt. Schon bald spüre ich, wie sich unter meinen Fingern etwas leise zu regen beginnt. Ich weiß, dass dieses Kind von weit her kommt und noch einen langen Weg vor sich hat, bis es bei uns ist. Ich lasse ihm alle Zeit, die es braucht, und lausche nachts seinen zarten Schritten auf dem Eis.

Das nimmt so viel Aufmerksamkeit in Anspruch, dass mir alles andere egal ist. In einem Nachbarhaus wurde ein Mann schwer verletzt, angeblich durch einen neidischen Cousin; mich lässt das kalt. Aber er hat eine Frau und vier Kinder, die er lange Zeit nicht wird ernähren können. Bis er wieder genesen ist, zieht Hila bei ihnen ein. Sie hilft ihnen und jagt auch kleinere Tiere, wenn sie Zeit hat. Naja dagegen ist wegen der Geschehnisse im Lager besorgt. Er befürchtet Racheakte. Damit es nicht so weit kommt, schlägt er vor, dass wir für das Winterfest ein großes Gemeinschaftshaus bauen. Er hofft, dass sich die Spannungen auf diese Weise mit Liedern statt mit Blut auflösen lassen.

88

Das große Festhaus ist fertig. Mehr als zwei ganze Menschen sind in dem hohen Raum versammelt. Wie in den Jahren zuvor stellen manche ihre Gelenkigkeit zur Schau, indem sie in Ledergurten, die zwischen den Wänden gespannt sind, komplexe Akrobatikfiguren vollführen. Es macht Spaß, sich anzusehen, wie geschmeidige Körper den Flug einer jungen Lumme oder die ruckartigen Schwimmbewegungen eines Fischleins nachahmen. Die Sonnenwende war schon vor zwei Monaten, und die Gruppe ist von einer besonderen Energie durchflutet. Der Winter ist noch lang, doch jetzt sieht man schon mehrere Stunden täglich am Horizont das Licht der Sonne.

Das macht uns allen Lust, zu singen und zu lachen. Außerdem liegt eine gewisse Anspannung in der Luft, wegen des Konflikts zwischen dem Verwundeten und seinem Cousin, dem er vorwirft, er habe ihn umbringen wollen. Seit dem Tag, an dem es passiert ist, spricht niemand mehr darüber, aber alle denken daran und warten gespannt, was heute oder an einem der kommenden Tage passieren wird.

Unterdessen versucht jeder, das gemeinsame Beisammensein in dem großen Haus so gut er kann mit Leben zu füllen. Die Männer ergehen sich in detaillierten Schilderungen abenteuerlicher Jagderlebnisse. Ihre Hände werden zu Bärenrücken und bald darauf zu Fuchspfoten. Sie ahmen den langsamen Gang des Wilds nach und die anschließende Treibjagd.

Eine Alte berichtet von der großen Reise ihrer Eltern lange vor ihrer Geburt und von den Gefahren, die unterwegs lauerten. Es gab wohl in einer längst vergangenen Zeit im Winter einen Weg zu einer fernen Insel, auf der es von Tieren nur so wimmelte. Doch seitdem haben sich die Ströme verändert, sodass man mit dem Schlitten nicht mehr dorthin gelangt. So bewegt sich unser Reich – in einem großen Atemzug, der uns mit fortträgt.

89

Es ist der fünfte Abend, an dem wir gesellig beisammensitzen. Die Kinder sind völlig erschöpft auf der hinteren Plattform zusammengesunken. Die jüngeren Leute haben seit vier Tagen praktisch nicht geschlafen, und ihre Augen liegen vor Müdigkeit tief in den Höhlen. Wir haben viel gegessen, und manche sind berauscht von Blut und Fleisch.

Irgendwann sind alle Geschichten erzählt, alle Geschicklichkeitsspiele erprobt und sämtliche alten Mythen heraufbeschworen. Jetzt gilt es, die kommende Nacht auszufüllen. Die Männer, todmüde und aufgekratzt, beklagen sich, die Frauen hätten sich noch nicht genügend eingebracht. Sie fordern Lieder, Unterhaltung und Tänze. Schließlich macht eine von uns den Anfang. Sie zieht die große Pelzhose und den Parka ihres Mannes über und tappt wie ein schlaftrunkener Bär schaukelnd vor uns herum. Es sieht wirklich sehr lustig aus. Danach tanzt eine andere, deutlich lasziver und nur mit Tanga bekleidet, zum Klang der Trommel ihres Mannes. Alle sind so begeistert, dass sie sie gar nicht wieder aufhören lassen. Weil sie sich nicht anders zu helfen weiß, kommt sie schließlich zu mir, die sich bisher noch gar nicht beteiligt hat. Sie zieht mich an den Armen hoch und lässt mir keine andere Wahl, als mich ihr gegenüber zu stellen, dann haucht sie mir ihren frischen Atem in die Nase. Wir steigen in ein Gesangsduell ein.

Die rauen Töne aus ihrer Kehle klingen anfangs sanft und beruhigend. Ich erwidere sie mit sachtem Hüsteln. Doch schon bald stoßen wir, getragen von ermunternden Zurufen des Publikums, kräftigere Laute aus. Meine Partnerin, so gut wie nackt, hat reichlich Ausdauer, aber ich schwitze unter meiner Bluse und komme außer Atem. Es nützt nichts – ich muss sie ausziehen. In dem Moment, in dem ich sie von mir werfe, macht sich verblüfftes Schweigen breit. Nur meine Gesangspartnerin, die meinen Blick fixiert, bemerkt meinen dicken Bauch nicht. Nach einigen Sekunden des Staunens werden Rufe laut, gefolgt von Lachen und aufgeregtem *iii iii!* Aber niemand unterbricht unseren Gesang. Im Gegenteil, alle feuern uns an, damit wir weitersingen. Als meine Partnerin schließlich auf meinen Bauch hinuntersieht, stößt sie mit jeder Einatmung einen freudigen kleinen Schrei aus. Ich tue es ihr gleich – wir schreien wie ein Krabbentaucherpärchen vor der frisch geschlüpften Brut.

Als wir schließlich zum Ende kommen, steht Pukajaak als Erste auf und nimmt mich in die Arme; Naja bleibt sitzen, starrt aber ungläubig auf meinen prallen Bauch. Seine nackte Brust wird von kleinen Jauchzern geschüttelt. Die anderen Männer gehen zu ihm hin und gratulieren ihm. Nur mein Onkel mokiert sich ein wenig über ihn: »Na, das ist mir ja ein schöner Schamane. Sieht sein eigenes Kind nicht kommen!« Jetzt muss ich mein Lied singen.

LIED VON UQSURALIK

Lange, lange Zeit
Habe ich gehofft
Lange, lange Zeit
Habe ich nicht geglaubt
Lange, lange Zeit
Trug ich in mir diesen Traum
Durch die Tundra, übers Eis
Lange, lange Zeit
Träumte, flehte, stritt ich ab
Dass noch einmal ein neues Kind
Den Weg bis zu mir findet

Heute ist das Kind nun da
Nimmt den Weg von Hila einst
Vor sehr langer Zeit
Als ich eine junge Frau war

Ich weiß noch ganz genau
Wie das Kind auf seinem Weg
In mir killekille machte, killekille
In meinem Bauch

Seitdem ich weiß, dass da ein Kind ist
Dass sein Weg durch mich hindurchführt
Lache ich, ich lache verstohlen
Wie ein Armvoll Venusmuscheln
Die die Hügel runterkullern
Bis zu den schweren Kieseln
Unten an der Küste

Und seit ein paar Monden
Seit das Blut in mir pulsiert
Habe ich so das Gefühl
Das Meer dort unten unterm Eis
Das Meer – es lacht mit mir

Für all das
Und noch viel mehr
Danke ich dem Fremden
Der eines Tages plötzlich kam
Zu heilen meine Hila
Ich sage Dank
Meinem lieben Mann
Ich sage Dank an Naja

90

Die Nachricht von meiner Schwangerschaft hat die Nacht mit Fröhlichkeit erfüllt. Der Winterrausch war schon vorher förmlich greifbar, aber mein Lied hat eine noch größere Freude entfesselt – und das Bedürfnis nach körperlicher Vereinigung. In stillem Einvernehmen werden die Lampen gelöscht, und bald erkennt man schemenhaft eng umschlungene Paare. In solchen Nächten werden Ehemänner und -frauen bereitwillig untereinander ausgetauscht. Man ertastet neue Haut, kostet von anderem Fleisch, schnuppert in unbekannten Kuhlen und Falten. Schultern beben, Brüste wippen in fremden Händen, es klatscht auf Rücken, Schenkel und Pobacken. Für die Gruppe sind es Momente intensiven Erlebens, und manchmal entstehen in Nächten wie dieser lang ersehnte Kinder.

Aber meins, mein Kind, ist schon da, in meinem Bauch, und das feiere ich mit Naja – Haut an Haut, meine Höhle erfüllt von seiner bebenden Wonne. Aller Kummer und aller Schmerz sind weit weg, es gibt nichts mehr außer der Liebe eines Elternpaars, der Liebe eines ganzen Clans und dem brennenden Bedürfnis, den dunklen, kalten Winter zu überleben.

LIED DES MÖRDERS

Ich stand auf meinem Schlitten
Meine Hunde liefen gut
Ich stand auf meinem Schlitten
Und sah in der Ferne den Pulverschnee
In leichten Wogen fliegen

Vier Jäger waren wir
Zogen los vom selben Ort
Zur Spitze-die-einer-Nase-gleicht
Zwei nahmen den Weg entlang einer Spalte
Du und ich, wir überholten sie leicht

Auf einmal hieltst du deinen Schlitten
Wo ringsherum nichts war
Prügeltest einen deiner Hunde
Und stelltest dich an ein Atemloch

Glaubtest du, aus dem Nirgendwo
Schieße plötzlich eine Robbe hervor?

So rief ich dich mit einem Pfiff
Den der Wind zerstreute
Und näherte mich dir in kleinen Schritten

Nicht aus Angst, die Robben zu verschrecken
Denen du auflauern wolltest, nein
Ich fürchtete mich vor dir

Du wartetest, bis endlich ein Tier
Die Nase zeigt zum Atmen
Dann wäre es für deine Harpune reif
Doch dann bohrte sich die meine
Tief in dein zuckendes Fleisch
Zuerst unter dein Schulterblatt
Dann in deine Achsel
Glitt über eine deiner Rippen
Und verfehlte dein Herz nur knapp

Sicher war das feige
Und doch kam mir der Gedanke
Als ich dich deinen Hund schlagen sah

Erbarmungslos wie deine Frau
Dabei ist sie so tüchtig und schlau

Sicher war das feige
Doch ich bereue nichts
So oft, wie ich dich sie schlagen sah
Und stumm selbst mit ihr litt

Deine Frau, die dich wärmt und kleidet
Deine Frau, stets gutmütig und geschickt

Und die niemals etwas sagt –
Selbst wenn du mit der Messerspitze
Ihr gar die Rückenhaut aufschlitzt

Ja, ich habe dich töten wollen
Und ich bereue es nicht

Doch ich schwöre es heute vor allen
Noch einmal versuch ich es nicht

Du verdienst es heute nicht mehr zu leben
Als an dem Tag, an dem ich dich umbringen wollte
Doch nun, da Uqsuralik schwanger ist
Will ich nicht, dass du eines Tages
Mit den Zügen eines anderen wieder unter uns bist

Eines Menschen, dem man ohne Misstrauen begegnet

So wie du bist – hässlich, feige, alt und gemein
Bist du harmloser als ein Baby
Von dem man nicht weiß, wer es einmal wird sein
Von dem man vergisst, dass im früheren Leben
Es boshaft und niederträchtig war

Deshalb wirst du es weiterleben
Dein erbärmliches Leben
Das ich dir so freudvoll wünsche
Wie eine lange Hungersnot
Ai! Das war mein Wort

91

Mit dem Lied dieses Mannes und der Enthüllung des schrecklichen Schicksals unserer Nachbarin fand das Winterfest sein Ende. Manche tragen eine sinnlose Brutalität in sich und lassen sie an anderen aus, oft ohne dass sich ihnen jemand in den Weg stellt.

Diesmal hat ein Mann beschlossen, die Frau zu rächen und Gerechtigkeit zu schaffen. Der Versuch, ihn umzubringen, ist fehlgeschlagen, aber es heißt, der verwundete Nachbar wird wieder gesund werden und das Lager dann vor uns verlassen – ohne seine Frau. Das bedeutet zwar nicht, dass sie jetzt für immer in Sicherheit ist – ebenso wenig wie der Mann, der sie zu beschützen versuchte –, aber immerhin ist die Gruppe dieses schädliche Mitglied dann erst einmal los. Dann wird es an ihm sein zu zeigen, ob sein Wesen es ihm erlaubt, allein in der Arktis wie ein Wolf zu überleben, oder ob er eines Tages zur Gruppe zurückkehren und sein Verhalten ändern möchte.

Vorerst muss sich jeder von uns Gedanken darüber machen, wohin es gehen soll, sobald der Tag die Nacht besiegt hat. Manche träumen vom Walfang, andere begnügen sich mit dem Gedanken an die Unmengen von Heringen, die sie fangen werden. Es wäre auch eine Möglichkeit, den Karibuherden zu folgen oder Beeren und Eier zu sammeln. Ich für meinen Teil bin erfüllt von dem Gefühl, dass jene Jahreszeit vollkommen neu sein wird.

Naja und ich wissen noch nicht, wo wir unser nächstes Lager aufschlagen oder mit wem. Wir hören uns verschiedene Vorschläge an. Mehrere Familien möchten Naja gern in ihrer Nähe behalten. Andere fürchten sich, ohne es auszusprechen, vor der bevorstehenden Ankunft eines Kindes – die immer irgendeine Art von Überraschung mit sich bringt, ohne dass man wissen kann, ob eine gute oder eine schlechte. Ich erwarte voll Gelassenheit das Frühjahr – und sehe meinem Bauch beim Wachsen zu.

92

Wir sind schließlich allein aufgebrochen, um uns inmitten einer Seengruppe mit dem Namen Jene-die-Fettaugen-gleichen niederzulassen. Früher war das ein sehr beliebtes Gebiet, denn es gibt dort Fische in Hülle und Fülle. Eines Tages jedoch verschwanden sämtliche Männer einer Familie während des Angelns auf einem der Seen. Zweifellos wurden sie von einem riesigen Fisch verschluckt. Diejenigen, die seitdem dorthin zurückgegangen waren, bemerkten auf der Wasseroberfläche ungewöhnliche Bewegungen. Es heißt, das liege daran, dass sich die Unglücksseligen im Bauch des Fisches noch immer wehren. Und dass die Gegend noch gefährlicher werde, wenn das Wasser einmal ganz ruhig sei, weil das bedeuten würde, dass der Fisch fertig verdaut hat und wieder Hunger bekommt.

Naja findet trotz allem, dass wir hier gut aufgehoben sind. Am Tag unserer Ankunft hat er einen ordentlichen Schwung getrockneter Lodden ins Wasser geworfen, um den Appetit des Riesenfisches zu stillen und auch, um die Seelen der Verschollenen zu besänftigen. Das hat offenbar genügt, denn seitdem haben wir weder etwas Seltsames gehört noch gesehen. Wir genießen in aller Ruhe diese reichen Fischgründe. An manchen Stellen lassen sich die Bachsaiblinge mit bloßen Händen fangen. Mithilfe eines engmaschigen Netzes fangen wir auch kleine Krabben und essen sie roh, die Zehen im Wasser. Ich bin schwanger, ich bin riesig, und doch war das Leben noch nie so leicht, so sanft.

93

Als ich gestern aufwachte, lag irgendeine Veränderung in der Luft. Naja spürte es ebenfalls. Er packte ein paar Sachen zusammen und ging. Während ich ihm nachsah, sagte ich mir: Die Karibuherden können nicht weit sein. Mein Mann kommt sicher bald zurück und bringt frisches Fleisch und gute Sehnen mit, mit denen man im Winter nähen kann. Nicht einen Augenblick fürchtete ich mich vor der Einsamkeit, in der er mich zurückließ.

Bis zu unseren nächsten Nachbarn ist es ein mehrstündiger Fußmarsch den Strom abwärts, den wir Der-der-rote-Steine-mit-sich-trägt nennen. Manchmal gehe ich ans Ufer und denke an Hila.

Meine Tochter ist jetzt so groß wie ich, und sie hat ein tätowiertes Gesicht. Auch aus ihr fließt nun regelmäßig das Blut, das uns zu Schmelztiegeln des Lebens macht. Ich denke an Sauniq, deren Tochter schon alt war. So ein Leben geht schnell vorüber, scheint es.

Seit Naja am Horizont verschwunden ist, weht ein lauwarmer Wind. Auf den Seen kräuselt sich das Wasser. Das Licht verändert sich. Ich sitze auf einem Stein, betrachte meine Knöchel, die im kühlen Wasser stehen, und lausche dem pulsierenden Blut in meinen Ohren. Vögel fliegen kreischend über den See. Es ist warm – eigenartig.

LIED DES WINDES UND DES GEWITTERS

Wir sind der Sommer
Wir sind Norden und Süden
Wir sind die stürmischen Winde
Wirbeln Erde und Wasser auf

Wir sind die Hitze und das Fieber
Wir sind die flirrende Luft
Wir sind das Blut in den Adern
Unter deiner Haut

Wir sind die mächtigen Geister
In Körpern, bei denen schwach ist jedes Glied
Und die niemand außer dir
Erspürt, ertastet
Oder sieht

Hier sind wir, reißen alles fort
Stürzen alles um
Steine werden wir zerbrechen
Und dein Fleisch verwandeln
Dich dem Boden gleich
Zu Staub und Sternen machen

Du wirst dann du selbst sein
Und mehr als nur du selbst
Du wirst dir nicht gehören
Deine Zeit wird über den Horizont hinausgehen
Du wirst ins Diesseits reisen können
Und viel weiter noch
Um zu nähren
Um zu heilen
Doch du kannst auch Leid säen

Fesseln können dich nicht binden
Flüssig bist du und empfänglich
Für alles, was entflieht
Und manchmal auch erdrückt

Von allen Geistern
Sind wir die allermächtigsten

Wir sind der Norden und der Süden
Wir sind die stürmischen Winde
Wirbeln Erde und Wasser auf

Wir sind die Hitze und das Fieber
Wir sind die flirrende Luft
Wir sind das Blut in den Adern
Unter deiner Haut

94

Über der Tundra zieht ein Gewitter auf.

Die Sonne verblasst. Dicke schwarze Wolken türmen sich auf und rollen über den Himmel. Sie sind stark, sie sind schwer – sie fangen meinen Blick. Es sieht aus, als wollte das Himmelsgewölbe auf die Erde kommen, indem es sich immer und immer wieder zusammenfaltet. In mir schnüren sich meine Eingeweide in immer kürzeren Abständen um mein Herz zusammen.

Von dem Felsen aus beobachte ich auf der Wasseroberfläche das Werk des Windes. Bei jeder Böe überziehen Tausende Klauenspuren den See. Bei jeder Kontraktion graben meine Fingernägel gleichmäßige Furchen in mein Fleisch. Aus meiner Kehle kommen die ersten Seufzer, ähnlich wie die des Windes. Als schließlich ein Blitz den Horizont zerreißt, stoße ich den ersten Schrei aus. Es folgt ein Donnergrollen – meine Knochen beben.

Ich bin außer Atem und will Luft holen, aber der Wind greift mit voller Wucht in meinen Brustkorb, und ich werde durchgeschüttelt wie bei einem Schamanenflug. Die Böen brechen mir die Rippen auf, eine nach der anderen. Ich falle von meinem Felsen – ins Wasser.

Aber ich kann ja nicht inmitten von Algen und Saiblingen gebären, also schlängele ich mich durchs Wasser und robbe schließlich an den Kiesstrand. Hier und da wachsen Grasbüschel, und ich klammere mich an ihnen fest. Während meine Bauchmuskeln in regelmäßigen Abständen an meinen Lenden ziehen, kommt der grollende Donner immer näher. Mein Kopf hängt zwischen meinen Armen, und ich sehe zu, wie unter dem grauen Wasser des Sees der Horizont zerreißt. Die Berge in der Ferne verschwinden zwischen meinen Schenkeln hinter einem bläulichen Schleier. Es beginnt zu regnen. Zuerst sind es dicke, einzelne Tropfen, dann werden sie dichter. Ich bin von Kopf bis Fuß klatschnass; das Wasser hinter mir ist aufgepeitscht vom Wind. Ich habe Angst, dass mich die Zungen des Sees verschlingen.

Genau in diesem Moment trifft mich der Blitz. Mein Kopf wird in sämtliche Richtungen gerissen, und ich brülle den Sturm hinaus, der sich in mir verfangen hat. Mein ganzer Körper brennt, meine Ohren gleichen einer einzigen riesigen Hummel. Um mich herum vermischen sich Tag und Nacht.

Mein Körper ringt, aber ich bin nicht mehr da, bin nicht mehr ich selbst – ich kämpfe mit einem Bären. Ich stoße mit einem Messer in die Luft, meine Haut will seine Zähne und Klauen spüren. Ich wühle in seinem Pelz, die Haare kleben mir im Gesicht.

Endlich zerspringt sein Körper, sein warmes Blut ergießt sich über mich – und dann folgt sein Gewicht. Ich liege auf dem Boden, werde erdrückt von einem Bären. Mein Atem wird flacher, das Licht schrumpft auf einen winzigen Punkt zusammen und verschwindet schließlich ganz. So sterbe ich – ganz ruhig.

95

Der Bär leckt mir die Schenkel und weckt mich. Seine Fangzähne, das sind zwanzig weiche Fingerchen, die nach mir suchen. Ich schlage die Augen auf, will sie sehen. Der Strand ist gewaschen, der See hat sich beruhigt. Zwischen meinen Beinen liegen zwei Babys – es sind zwei Jungen.

96

Naja kommt einige Stunden später, in dem Moment, in dem die Sonne wieder aufgeht.

Ich habe es geschafft, mit meinen Neugeborenen vom Seeufer bis zu unserem Zelt zu gehen. Angelehnt an ein paar zusammengerollte Felle halte ich in jedem Arm ein Kind. In der Ferne nähert sich Naja in seinem weißen Anorak. Ich sehe ihn nur hin und wieder, je nachdem, wann der Wind das Fell hochweht, das uns als Tür dient. Mir scheint, als wäre das gesamte Universum zur Ruhe gekommen. Der gleichmäßige Atem meiner beiden Jungen ist der Beweis, dass man einen Sturm überlebt. Einer wie der andere saugt inbrünstig an meiner Brust. Ruhig warte ich, bis ich sie ihrem Vater zeigen kann.

Als Naja hereinkommt, hat er etwas in der Hand. Es sind die Nachgeburten, die ich auf dem Kies habe liegen lassen. Er hat sie sorgsam in die Haut eines Rebhuhns eingewickelt, nur die beiden Nabelschnüre hängen heraus. Noch bevor er sich seinen Kindern nähert, schneidet er zwei Stücke davon ab und verbirgt sie unter seiner Jacke. Dann schneidet er zwei weitere ab und steckt jedes in ein Ledersäckchen. Er fügt jeweils einen geschnitzten Karibuzahn und ein Stück Horn von irgendeinem Tier hinzu und verknotet sie anschließend mit einem Lederband. Erst jetzt nähert er sich seinen Söhnen. Er legt jedem ein Amulett auf die kleine Vogelbrust, bevor er sie mir wieder in den Arm gibt. Die Jungen sehen ihn aus neugierigen, leicht verdutzten Äuglein an, und Naja lächelt – er sieht glücklich aus.

LIED VON NAJA

Ich komme von weit her
Von jenseits der großen Bucht
Die man Baffin-Bucht nennt

Eine Familie hatte ich
Zwei Frauen und acht Hunde
Wohl angesehen war ich
Als Jäger und Schamane

Eines Morgens in der Ferne
Sah ich einen Beluga mit silbrigem Rücken
Ich folgte ihm am Ufer entlang
Folgte ihm sehr lange Zeit

Der Winter verstrich
Im Frühjahr sah ich ihn wieder
Da hatte er ein weißes Weibchen bei sich
Ich folgte ihnen am Ufer entlang
Folgte ihnen sehr lange Zeit

Ein weiterer Winter ging ins Land
Und wieder kamen sie, doch nicht zu zweit
Hinter ihnen schwamm ein Kalb
Ich folgte ihnen am Ufer entlang
Folgte ihnen sehr lange Zeit

Doch im Frühjahr, das dann folgte
Waren sie nirgends weit und breit
Ich dachte an nichts anderes mehr
Nur an ihre silbrigen Rücken
Und so stieg ich in mein Kajak
Suchte sie sehr lange Zeit

Mein Clan fand mich bizarr
Meine Frauen sahen sich nach Liebhabern um
Doch mir war das egal –
Ich suchte drei weiße Belugas

Als ich sie dann schließlich sah
Auf hoher See, vor einer Insel voller Vögel
Hätte ich Jagd auf sie machen sollen
Für meine Familie und meinen Clan –

Doch tat ich es nicht
Ich schaute dorthin, wo sie untertauchten
Und kehrte zurück ins Lager

Der Winter kam
Ich jagte nicht mehr
Und hatte für nichts mehr Sinn
Meine beiden Frauen glaubten schon
Ein Geist hätte mich meiner Beine beraubt
Meiner Hose und allem darin

Eines Morgens spannte ich die Hunde an
Ich lief mit ihnen zum offenen Meer
Bis dorthin, wo das Packeis bricht
Dann trieb ich hinaus in die Nacht
Wie lange, weiß ich nicht

Meine Familie sah ich nie wieder
Und auch die der weißen Belugas nicht
Stattdessen fand ich eine junge Frau
Mit dem Wesen des Bären und dem Namen des Hermelins
Sie suchte jemanden, der ihre Tochter heilt
Ich fuhr mit ihr zu ihrem Haus

Die beiden sind mir im Traum erschienen
Gleich zwei weißen Walen
Mein Meistergeist hat zu mir gesagt:
»Führ diese Frauen zu ihrem Wissen«

Ich tätowierte das Mädchen
Das einen Raben in sich trägt
Und küsste die Frau
Die nach Visionen und Liedern dürstet
Und auch wenn es nicht viel ist
So lehrt ich sie alles, was ich weiß
Denn ihre Geister sind stark

Heute schenkt sie mir zum Dank
Was ich nie zu bekommen geglaubt
Zwei Kinder, zwei Söhne, zwei Jäger
Die sie heimlich in ihrem Bauch gebaut

Und deshalb hatte ich anfangs Angst
Ich glaubte es nicht, hörte die Kinder nicht kommen
Und fürchtete, sie trüge in ihrem Bauch
Vielleicht den schrecklichen Oungatorok
Dieses Baby, weiß wie Schnee
Das zu jenen Frauen kommt
Die im falschen Moment darum bitten
Sein Geheule raubt dir den Verstand
Und man stirbt, wenn man es berührt –
Einfach, wenn man es streift mit der Hand

Und deshalb hatte ich anfangs Angst
Ich glaubte es nicht, hörte die Kinder nicht kommen
Kurz bevor sie ihr Geheimnis gebar
Zog ich los auf Karibujagd
Ich hörte von fern das Gewitter

Sah, wie der Blitz in den See schlug –
Und vernahm grässliche Stimmen, die es bis zu mir trug

Die Geister, die grollten, waren diesmal nicht meine
Gingen nicht durch mich hindurch
Angelockt hatten sie Blitz und Donner
Über dem See, an dem auf nassen Steinen
Die Hermelinfrau mit dem Bärenherz lag

Ich nahm sodann zwei Karibuzähne
Schnitzte aus einem einen Fisch im Fluss
Und aus dem zweiten eine Harpunenspitze
Warum und für wen, habe ich noch nicht gewusst
Doch als ich zum Lager zurückkam
Zu der Frau mit dem Wesen des Bären
Und dem Namen des Hermelins
Waren zwei Kinder, zwei Söhne, zwei Jäger da
Zwei Jungen, wie neues Eis so zart und klar

Sie und Uqsuralik, ihre Mutter
Sie sind die drei weißen Belugas
Die ich vor langer Zeit verlor

Meine Söhne kommen aus einem Land
Das unerreichbar ist für mich
Und mir vollkommen unbekannt
Doch hier, auf der Erde, auf dem Eis und dem Meer
Hier bin ich ihr Vater – hier brauchen sie mich

Epilog

Meine Jungen tragen mehrere Namen. Den meines Vaters, Nanok, und den von Najas Vater, Amaqjuat. Außerdem tragen sie die Namen meiner beiden Mütter, Sanaaq und Sauniq ebenso wie den meiner Schwester und meines Bruders, Navarana und Quppersimaan. Für gewöhnlich rief ich sie »mein Vater«, »meine Mutter«. Für ihre Schwester Hila waren sie »meine Tochter« und »mein Großvater«. Naja nannte sie einfach nur »Sohn« – wie er sagt, der schönste Name.

Heute sind sie alt und ihre Kinder haben selbst Kinder, die ich natürlich nicht kenne.

Nach zahlreichen Reisen, bis in Najas Geburtsland und darüber hinaus, in ein Land, das mir mehr als jedes andere wie das meine erschien, weil es überflutet ist – manche nennen es Beringia –, haben Naja und ich schon vor langer Zeit die letzte Grenze übertreten. Nicht nach »Grönland«, »Kanada« oder nach »Sibirien« – wir führen jetzt ein beschauliches Dasein im Land der Toten. Uns fehlt es hier an nichts, denn all unsere Bedürfnisse sind erloschen.

Zusammen mit Naja lebe ich diesen seltsamen Schamanenruhestand – zu Lebzeiten gesucht und gefürchtet, farblos nach dem Tod. Die Geister kennen uns und lassen uns in Ruhe. Über das Jenseits wundern sich jene viel mehr, die schon zu Lebzeiten auf der Erde, dem Eis oder dem Meer nur Menschen gesehen haben, sonst nichts.

Zu meiner Zeit waren solche Einfältigen rar. Jetzt, so scheint mir, werden es immer mehr: Strenge weiße Männer mit dicken Augenbrauen sind auf unser Land gekommen. Sie haben die Gewohnheiten und das Urteilsvermögen unserer Kinder verändert. Ich habe zwar keinen von ihnen kennengelernt, aber man hat mir berichtet, mit welcher Sicherheit sie zu wissen glaubten, was gut für uns ist. Sie haben die Schamanen als Lügner bezeichnet und mit dem Finger auf uns gezeigt, weil wir so lange ihre Geschichten geglaubt haben. Die Weißen werden schneeblind, sobald ein paar Flocken fallen, aber sie wollen besser wissen als wir, woher die Geräusche, die Tiere und der Wind kommen.

Nur dass sie sich ohne uns verlieren. Hier im endlosen Weiß und auch bei sich zu Hause. Sie kommen, sie eignen sich alles an – und eines Tages reisen sie wieder ab, verkriechen sich in ihren fernen Ländern. Ohne je einen Fuß auf Nuna, unser Land, gesetzt zu haben, schreiben sie Tausende von Seiten über uns voll, füllen Lederhüllen mit unseren Geschichten, für die andere sie rühmen. Diese Menschen besiedeln und kolonisieren eine Vorstellungswelt, die ihnen nicht gehört.

Doch einer alten Frau wie mir bereitet das keine Sorgen. Unsere Geister verfolgen sie, unsere Zivilisation fasziniert sie. Wir werden sie an der Wurzel packen. Während meines langen Lebens als Inuit habe ich gelernt, dass Macht etwas Stilles ist. Etwas, das man empfängt und das – genau wie für Kinder und Lieder – durch einen durchgeht. Und das man wieder loslassen muss.

Nicht selten musste ich mich geschlagen geben. Vor der Zeit, die vergeht, und ihrem Werk. Es kam vor, dass ich vor meiner Schamanenkraft geflohen bin. Mal, weil andere die Aufgabe übernahmen, oder mal, weil ich der Kämpfe müde war. Manchmal entfernten sich die Geister, ließen mich im Stich oder wendeten sich von mir ab. Ich wartete. Ich wartete lange. Sie kamen jedes Mal zurück. Bis zu dem Tag, an dem sie mich davontrugen.

Ich war alt, ich war schwach – einige Mitglieder aus meinem Clan fanden mich nicht mehr wachsam genug. Bei einem Umzug von einem Lager zum anderen bat ich darum, nahe einem Stein zurückgelassen zu werden. Meinem Wunsch wurde erleichtert Folge geleistet. Naja war längst tot, meine Kinder waren schon alt – die anderen kämen ohne mich besser voran. In der Kälte schlief ich ein, die Ohren voll Wind und in den Augen Kristalle.

An diesem Punkt hätte alles enden können. Ich weiß nicht warum, aber ein verwirrter Neffe kam eines Nachts noch einmal zurück. Er hackte mich in Stücke und verteilte sie in den Rissen und unter den Steinen. Taumelnd vor Glück zog er schließlich von dannen. Wahrscheinlich hatte ich eines Tages irgendetwas getan, das ihm missfallen hatte.

An diesem Punkt hätte alles enden können, doch den Rest jener Nacht – die mehrere Monate dauerte – tosten über mir zwei gegnerische Winde. Etwas so Imposantes hatte ich seit jenem Gewitter damals, das die Geburt meiner Söhne auslöste, nicht mehr erlebt. Sie wehten pausenlos, mit unheimlicher Kraft. Nach und nach fügten sich meine Körperteile wieder zusammen.

An diesem Punkt hätte alles enden können, mit meinem zerstückelten und wieder zusammengefügten Körper, aber die Winde wehten ohne Unterlass weiter. Zu Beginn des Frühjahrs riefen sie ihre Kinder herbei, und sie bliesen aus vier Richtungen. Mein neu gebildeter Körper trocknete aus – und wurde schließlich zu Stein.

So sieht man mich jetzt, im Winter von der Küste aus und im Sommer von den Seen – die Frau aus Stein, ein *Inukshuk*, bis in alle Ewigkeit am Horizont der Tundra, die abwechselnd ein Meer aus Blumen und aus Eis ist. Schaut mich an, wenn ihr dort vorbeikommt: Ich habe euch im Blick. Ich, die Frau aus Stein mit dem Wesen eines Bären und dem Namen des Hermelins. Die Frau aus Stein – Uqsuralik.

Glossar

Aglu

Ein *Aglu* ist ein Atemloch im Packeis, in dem die Robben auftauchen, um Luft zu holen.

Amauti

Ein *Amauti* ist ein Parka mit einer Rückentasche, in der ein Kleinkind getragen werden kann.

Angakok

Der *Angakok* ist die Person, die bei den Inuit für die Versorgung von Kranken und für Kulthandlungen zuständig ist. Der *Angakok* vermittelt zwischen den Menschen und den Geistern.

Inukshuk

Wörtlich bedeutet *Inukshuk* »gleich einem Menschen«. *Inukshuk* sind in der Gestalt eines Menschen aufgetürmte Steine, die zum Beispiel Jagdreviere markieren. Da die Inuit bis ins 19. Jahrhundert keine Schrift hatten, wurden die *Inuksuit* zu einer Art Schriftzeichen in der Landschaft.

Iyaga

Das *Iyaga* ist ein Geschicklichkeitsspiel, bei dem ein kleiner hohler Knochen an einen anderen, schmaleren Knochen gebunden wird, den der Spieler in der Hand hält und mit dem er versucht, das andere Stück aufzufangen.

Kamik

Kamik sind Stiefel, die aus Robbenhaut oder Karibufell genäht werden.

Tupilak

Ein *Tupilak* ist eine kleine, geschnitzte Figur, die schamanische Kräfte besitzt und vor Feinden schützen oder sich an ihnen rächen kann.

Umiak

Der *Umiak,* häufig als großes Boot oder weil meist von Frauen gerudert als Frauenboot bezeichnet, ist ein offenes Robbenfellboot.

Ulu

Das *Ulu* ist ein Messer, das traditionell von den Frauen der Inuit genutzt wird. Die Grundform ist eine dünne Klinge mit halbkreisförmiger Schneide und einem Griff mittig an der Gegenseite. Es wird zum Häuten und Zerteilen der Jagdbeute, Filetieren von Fischen und zum Zubereiten und Zerkleinern der Nahrung eingesetzt.

Fotografien

Alles begann damit, dass ich durch Zufall winzige Inuit-Skulpturen entdeckte, aus Knochen, Elfenbein, Speckstein und Karibuhorn ... Ich fragte mich, welches Volk solche simplen und zugleich eindrucksvollen Werke hervorbringen kann. Es folgten unzählige Lektüren, die in mir das unwiderstehliche Bedürfnis weckten, diese Welt in Form eines Romans zu erkunden – bis ich mich schließlich zehn Monate lang in die Polarsammlung von Jean Malaurie und das Archiv des Französischen Polarinstituts Paul Émile Victor vertiefte, beide in der Zentralbibliothek des Muséum national d'Histoire naturelle. Inspirationsquellen waren für mich vor allem die Traditionen Ostgrönlands und der kanadischen Arktis. Aber der dänische Ethnologe und Polarforscher Knud Rasmussen berichtet, dass sich von Grönland bis zu den Grenzen Sibiriens ähnliche Geschichten und Mythen finden. Möge dieser Roman eine Eintrittspforte in das vielfältige Universum der Inuit sein, und mögen die folgenden Fotografien Berührungspunkte mit einer vergangenen, doch immer noch lebendigen Welt bilden.

Bérengère Cournut

Porträt von Magito, junge Inuit aus Netsilik, Nunavut/Kanada, anonym, 1903–1905, Norwegische Nationalbibliothek.

Eisbär in der Nähe des Nordpols, Christopher Michel, 2015, Flickr.

Robbenjagd an der Fjordmündung, Scoresbysund/Grönland, Joëlle Robert-Lamblin, 1968, Observatoire Photographique des Pôles.

Inuit bauen aus Schneeblöcken ein Iglu [Nordamerika], Frank E. Kleinschmidt, 1924, Library of Congress, USA.

Überwinterungslager der deutschen Expedition, Grönland, Alfred Wegener, 1930, Archiv des Alfred-Wegener-Instituts.

Eskimos harpunieren einen Wal, Point Barrow/Alaska, anonym, 1935, Nationalarchiv der Vereinigten Staaten.

Inuk im Kajak, Alaska, Edward S. Curtis, 1929, Library of Congress, USA.

Eis, Nordpol, Christopher Michel, 2015, Flickr.

Eskimos transportieren ein Umiak [Familienboot] auf einem Schlitten, Point Barrow/Alaska, anonym, 1935, Nationalarchiv der Vereinigten Staaten.

Frau mit Kind, Nunivak/Alaska, Edward S. Curtis, 1929, Library of Congress, USA.

Mukpie, kleines Eskimomädchen aus Point Barrow, jüngste Überlebende der Karluk-Expedition, Alaska, Lomen Bros., 1914, Library of Congress, USA.

Eskimos in Kajaks, Noatak/Alaska, Edward S. Curtis, 1929, Library of Congress, USA.

Erika Napatok, Scoresbysund/Grönland, Joëlle Robert-Lamblin, 1968, Observatoire Photographique des Pôles.

Von Schamanen bei der Suche nach der Ursache einer Krankheit verwendete Maske, Wellcome Collection Gallery.

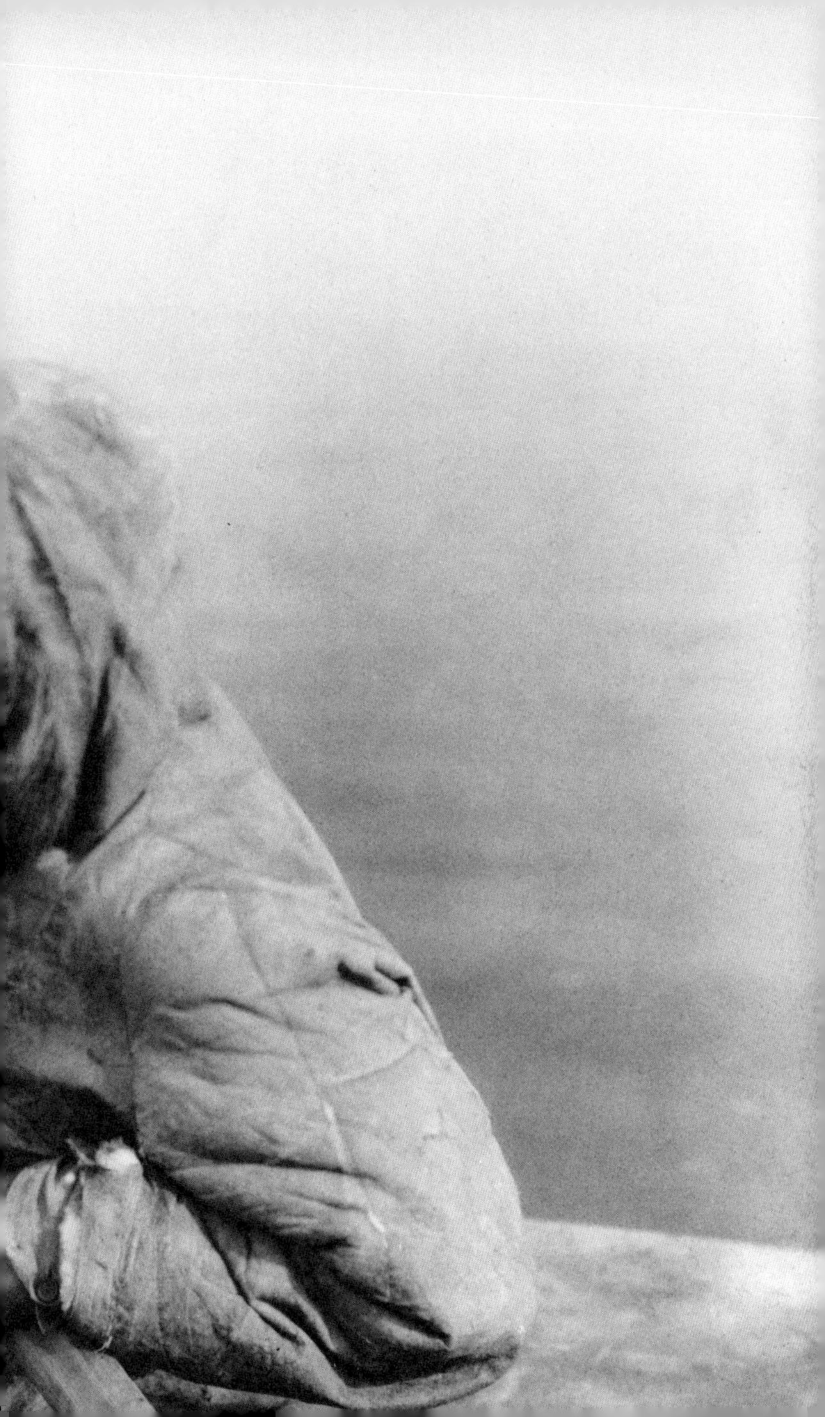

© LOMEN BROS.
NOME.

Die Autorin dankt dem Muséum national d'Histoire natu-
relle und der Region Île-de-France für ihre Unterstützung, ebenso den Anthropologinnen Joëlle Robert-Lamblin und Bernadette Robbe für ihre aufmerksame und wohlwollende Lektüre.

Dieser Roman soll mit einem Lied beschlossen werden, das aus dem Roman herausgenommen wurde, aber an jene Zeit erinnert, in der Mensch und Tier ein und dieselbe Sprache, ein und dieselbe Wahrnehmung der Welt hatten. Dieses Lied der Moschusochsenkuh (eine Rinderart mit dickem wolligen Fell, die in Polarregionen lebt) ist der Tierwelt, unseren tief vergrabenen Erinnerungen ebenso wie den unermesslichen Kräften der Frauen gewidmet.

LIED DER MOSCHUSOCHSENKUH

Ich bin die Bärtige
Ich bin die große Schwarze

Ich bin jene, in deren Haut
Man Tote einhüllen kann

Ich bin jene, deren Hufe man
Um den zarten Hals von Zwillingen hängt
Die eben aus dem Wasser kamen

Denn Geborenwerden und Sterben
das liegt dicht beisammen
Die Weibchen wissen das
Die wie jedes Lebewesen
Geboren werden und sterben
Und zwei-, vier-, achtmal in ihrem Leben
Ein, zwei oder vier Junge gebären

Von ihnen sterben freilich manche
Doch sie gehen ihren Teil des Wegs
Niemand sieht sie
Niemand kennt sie
Nur ihre Mutter hört des Nachts
Den Atem, der durch sie hindurchgeht
Und verstummt

Auch weiß eine Mutter, dass man mitunter
Kraft eigener Muskeln töten muss
Die kleinen Dinge, die Geister, schwach oder zerschunden
Sie im Schnee ersticken oder vergraben
Manchmal auch von den Klippen stoßen
Doch einige überleben und werden groß

Die Bullen glauben, sie wären die Einzigen
Die Schädel und Knochen gegeneinanderschlagen
Doch das Krachen ihrer Kämpfe
Ist nur ein Widerhall von früher
Vom Kampf, den jedes Wesen mit dem Mutterskelett geführt

Diesen Kampf wiederum gewinnt
Jener, der am besten
Die Sehnsucht, den Übergang bezwingt

Manche kommen gewaltsam heraus
Wie vom Sturm angeschoben
Andere wiederum lassen sich Zeit
Und kriechen langsam nach draußen –
Halb erstarrt vom Eis

Andere wiederum verzichten von selbst darauf
Den Weg bis hierhin zu gehen
Schließlich ist es süß
An der Mutter Brust zu sterben
Und nicht vor Hunger und Kälte
In einem Clan, der einen nicht ernähren kann

Hört mich, hört mich jetzt endlich an
Ich bin die Bärtige
Ich bin die große Schwarze
Ich kenne Kinder, die enorme Kräfte haben

Ein Moschusochsenkalb, das seine Mutter verliert
Ist imstande, zu ihrem Mörder zu gehen
Und sich von ihm Nahrung und Liebe zu holen
Im Schatten des Peinigers wächst es heran
Bis seine Mutter im Traum wiederkehrt
Und von ihm Rache verlangt

Weiß ein Mensch das aus Instinkt
Dann ist er einer von uns
Dann bedeckte einst ein Fell seinen Rücken
Seine Beine, seine Brust und seine Hufe

Obwohl die Wesen mehrere Leben haben
Erinnern sie sich oft nur an ein oder zwei
Ich kenne ein Kind mit einer Seele wie eine Säule
Und der Intelligenz eines Raben
Von seiner Mutter kommt das Geschick des Bären
Und die Zartheit des Hermelins
Doch vom Moschusochsen in sich weiß es nichts
Von seiner Kraft, so phänomenal
Jahrtausende alt und mineralisch

Hila, Hila – ningiukuluk
Eine kleine Alte bist du und weißt es doch nicht
Hila, Hila – ningiukuluk
Dreh dich nur einmal um
Dann wirst du sehen, dort ist ein Rudel
Mit Haaren, Hörnern, Hufen
Wir stehen geschlossen um dich herum